Samantha Dionigi

Crashing Game

Solo l'amore mi può salvare

Blueberry Edizioni,
La Nuova Casa del Romance

Questa è un'opera di fantasia. Ogni riferimento a fatti storici, personaggi o luoghi reali è completamente fittizio. Altri nomi, personaggi, luoghi e avvenimenti sono il frutto dell'immaginazione dell'autore, e qualunque somiglianza con fatti, luoghi o persone reali, viventi o defunte, è del tutto casuale.

Attenzione! Sono presenti scene di sesso, uso di alcol, droghe e linguaggio esplicito.

Se amerete Crashing Game non
potete non leggere Crashing Love.
Jude e Faith vi aspettano per rivelarvi tutti i loro segreti,
svelare gli intrighi e vivere insieme
l'ultimo emozionante capitolo della loro storia.

Cercami nelle trame della spuma argentata.

Insegnami a fare a meno di te.

Rari sono i fiori che nascono sull'asfalto, che riescono a respirare un'aria insalubre e a trasformarla in puro ossigeno.
Magico è il loro ondeggiare sfiorati dal vento.
Inebriante è il loro profumo.
Dolorosa è l'astinenza da loro.
Letale è il loro tocco.
Tu sei questo per me.

Faith.

Dicono di me...

-Chi è Samantha Dionigi?

Samantha è un'autrice Umbra che di Professione fa l'operatore socio sanitario nell'ospedale di Perugia e crede molto nel suo lavoro.

-Dove vive?

In un piccolo paese nel comune di Assisi.

-Samantha ha scritto e pubblicato altri lavori oltre questo?

Certamente!

In sequenza ha pubblicato:
-170 Kili di Mele in self publishing
-Klaus in self publishing
-Défaillance in self publishing
-The Royal Stone of Passion in self publishing
-Red Zone club con Blueberry Edizioni
-My Sinful Doctor con Blueberry Edizioni
-Dilaver: The Arrogant Quarterback con Blueberry Edizioni.
-Crashing Game con Blueberry Edizioni.

-Si dice di questa autrice che sappia parlare d'amore, di sentimenti e di grandi passioni con estrema naturalezza e maestria e che le piace sempre sperimentare nuovi generi. Perché?

-Samantha sa parlare d'amore perché lei stessa è amore puro, ha un carattere gioioso ma caparbio, le piace sottoporsi a delle sfide e conosce molto bene i propri limiti.

-Si sa qualcosa della sua vita privata?

-Nulla della sua vita è avvolta nel segreto, è una donna molto conosciuta per motivi lavorativi presenti e passati, si spende molto per il prossimo ed è molto amata da suo marito e dai suoi tre figli.

-Continuerà a scrivere per la vostra casa editrice?

-Sembra proprio di sì!

-Siete soddisfatti di lei?

-Molto.

-Pubblicherà ancora in self?

-Certamente, ma una tantum.

-La si può trovare sui social?

-Assolutamente sì!

Su Facebook con il suo nome e cognome.

Su Instagram @Samantha_dionigi_author

Su TikTok Samanthadionigiauthor6

Trama

Jude Shell è due persone in una. Due opposti che non si incontrano, ma che sono inseparabili.
Brillante chirurgo di giorno, dedito a salvare vite e agguerrito centauro di notte, a sfidare la morte propria e di chi corre con lui.
Ma quanto tempo ci vorrà perché si spacchi, perché la morte prenda il sopravvento sulla vita? A Jude non interessa, perché quella morte la brama, la desidera, la cerca.

Faith Rockfeller ha un nome importante che è come un giogo dal quale è impossibile liberarsi. Il suo destino è segnato perché chi si chiama come lei non può uscire dai canoni di una famiglia la cui reputazione è tutto.
Eppure le manca l'aria, ed è felice quando la sua migliore amica, anche lei dal nome altisonante, le propone di trascorrere l'estate insieme.
Per la prima volta, Faith si sentirà libera e il suo sguardo, non più offuscato dalle sbarre di una gabbia dorata, incontrerà quello di Jude. Bello e tenebroso, spietato e affascinante, irraggiungibile eppure suo.

Faith e Jude si troveranno senza potersi lasciare più. Nonostante il rifiuto di ciò che provano, nonostante la cattiveria di chi gli sta intorno, nonostante...
Ma i soldi di una famiglia potente possono davvero comprare tutto? Persino l'amore di due ragazzi che sono respiro l'uno per l'altra?
Faith e Jude saranno costretti a scoprirlo e a trovare una via d'uscita per non soccombere. Riusciranno a farcela insieme? Oppure separarsi sarà l'unica opzione possibile?

Dedica

Alle gioie della mia vita.

Alle amiche sincere.

A quelle acquisite durante questo percorso che si sono rivelate come sorelle; non potrei più fare a meno di voi, dei messaggi del buongiorno, delle conversazioni assurde, delle risate e degli incontri in giro per l'Italia.

A tutte coloro che continuano a darmi fiducia e a mostrare la propria vicinanza con un like o con un cuoricino… dico grazie!

Non ce l'avrei mai fatta senza di voi, vi voglio bene.

Samantha.

Siamo l'incontro di due anime, il prodotto di una società tanto simile quanto differente, tanto giusta quanto sbagliata. Per il mondo intero siamo come il giorno e la notte, il desiderio e la repulsione. Spesso vittime di noi stessi, con i nostri pregi e difetti, ma soltanto insieme funzioniamo.

Jude e Faith

Prologo

Faith

Ero lì, frastornata, eccitata e completamente su di giri per quello che stavo vivendo. Mi trovavo ignara di quanto invece sarebbe accaduto di lì a poco in un'area vasta, sterrata, a tratti inquietante che sfociava su una strada buia, di colpo illuminata a giorno da dei fari come se fossimo allo stadio.

Dio Santo! Per anni non avevo vissuto nulla che potesse andare oltre le prime a teatro, le feste in barca, i party in piscina organizzati da figli di ricconi strafatti di bamba però visti dai miei genitori come “bravi ragazzi”, i vernissage e puttanate simili che mi tenevano lontana da chi ero, o meglio, da chi volevo essere veramente. Poche ore dopo il mio arrivo su questa lacrima nel mare chiamata “paese” che contava poche anime, i miei occhi stavano focalizzando in mezzo a un vortice di fumo e polvere sei motociclisti in sella alle loro moto che ruggivano imponenza, superbia, rabbia, bellezza e attrazione; un mix che mi teneva incollati gli occhi su di loro come fossi ipnotizzata. Percepivo formicolare ogni più piccola scarica elettrica sotto il primo strato di pelle come fossi io a dover gareggiare; tutto ciò era inebriante. A tratti mi dimenticavo persino dell'enorme baccano che riecheggiava nell'aria e strideva inferocito nelle mie orecchie. Ero felice del fatto che la mia amica Sue mi avesse tirato fuori da quella prigione per presentarmi la vita vera. Un po' troppo VERA forse, ma andava bene così. Non stavo rimpiangendo niente, anzi. Avvertivo l'adrenalina invadere ogni cellula del mio corpo nel trovarmi in quel contesto, e quando lo sparo della ragazza vestita di paillettes deflagrò nel cielo, a me parve di scompormi in un miliardo di frammenti mescolandomi alle stelle. Saltai sul posto e mi trovai a incitare il ragazzo con la tuta nera adornata da delle fiamme argentate. In quel preciso istante mi resi conto di aver fatto la mia scelta. Fu lampante, folgorante, annientante come un fulmine che ti trapassa da parte a parte, senza che io potessi avere il tempo di fuggire. Lui fu la mia rovina dei giorni a venire. Il mio destino. Il mio grande amore. Il dolore più acuto e profondo. Nel momento in cui tagliò il traguardo e tolse il casco, il mio cuore fu avvolto da una fitta trama di cotone. Cercava in tutti i modi di uscirmi dal petto ma invece si trovò fasciato, stretto da una morsa che potrei definire smembrante, dolorosa, pazzesca quanto devastante. Di colpo avevo bisogno di respirare la sua aria, di sentire la sua voce, di sfiorare la sua pelle anche se, ahimè, per lui ero invisibile. Faith Rockfeller invisibile agli occhi di un centauro selvaggio e senza regole, l'antitesi dell'uomo che avrebbero accolto in casa i miei genitori. Ed era adulto, non un ragazzino, ma era bello e dannato a tal punto da finirmi dritto nel midollo, laddove risiede la dura madre, laddove ogni sensazione ha una natura e una risposta, laddove non posso mentire, fino a irrorare tutte le terminazioni nervose.

Volevo lui.

Lo volevo.

Avrei fatto qualsiasi cosa per scrollarmi di dosso quel mantello che da troppo tempo mi rendeva invisibile e rivelarmi al più bello e dannato ragazzo che avessi visto in vita mia.

***

Jude

Dicono che il tempo sia in grado di lavare via il dolore, di ammutolire la nostalgia, di restituire progetti, speranza, ma è una bugia; una bastarda bugia. Insieme al suo corpo si è portata via anche il mio cuore, il mio presente e il mio futuro. Non sono nient'altro che un cumulo di incertezze e non riesco a provare nulla per nessuno. Sul tavolo operatorio sono preparato, freddo e meccanico. Quando mi spingo al limite con la mia moto sono ancora io, proprietario delle mie emozioni. Ma dura poco, troppo poco. Una sera, durante la disputa di una delle tre gare più importanti di Falls Hall, nel mio cuore impietrito qualcosa iniziò a muoversi. Chi poteva essere quella creatura dall'aria familiare, talmente bella… come una stella luminosa in grado di incendiare l'intero firmamento oltre al mio cuore spento? Non ebbi tempo di saperlo, la incenerì un istante prima di legarla stretta a me e caricarla in moto. Più da lei ero attratto e più reagivo trattandola male. Più la allontanavo e più la volevo. Più cercavo di farmi odiare, più temevo di perderla. Più mi resisteva e più la bramavo. La mia mente era spaccata tra desiderio e paura di lasciarmi andare e perdere ancora una volta qualcuno che amavo.

1. Concessioni

Faith

«Uno, due, tre: dite cheese!», mio zio Alexander ci incoraggia a guardare dritto nell'obiettivo e finalmente preme il dito sul pulsante e scatta la foto con una me orgogliosa che tiene il diploma in mano in bella mostra, stritolata in mezzo ai corpi euforici di mamma e papà.

Dio, che tappa! La credevo così lontana, e invece…

«Figlia mia, che emozione!», rivela papà commosso.

«Il tuo primo traguardo, bambina mia», mamma mi accarezza la guancia e vi deposita un bacio come se avessi sei anni.

Sono così stanca di questo. Mi sento una donna ormai, ho diciotto anni e il fisico di una ragazza della mia età, non di una bambina. Ho tutto quello che un essere umano possa desiderare, ma non la cosa più importante: la libertà. Scortata per andare a fare shopping, per andare dall'hair styling, per andare a mangiare un hamburger… mi manca solo che mi scortino pure per andare in bagno e veramente avremmo superato ogni limite. Non ne posso più, e se non si trova al più presto una soluzione, credo che la farò finita. Sono esausta di essere tenuta in una prigionia dorata se tanto non posso godermi quell'oro. Non me ne faccio nulla di tutto quello che ho, se non posso stare con i ragazzi della mia età con la giusta privacy.

«Congratulazioni anche a te, dolce Sue», emette mamma amorevole nel momento in cui lascia scivolare la sua mano fra le trame dorate dei capelli della mia migliore amica che quest'oggi si è diplomata con me insieme a tutta la classe dalla quale non sono pronta a staccarmi per sempre.

Odio dover iniziare tutto daccapo, così come odio ammettere che sono una sfigata. O meglio, la sfigata più ricca del mondo, senza avere mai tirato fuori le palle per affrontare i miei e impormi con le mie idee e i miei desideri. Ho fatto mille prove davanti allo specchio, ma quando me li ritrovo davanti mi sciolgo come neve al sole. Sono destinata a rimanere chiusa in casa in eterno, penso delusa e amareggiata. Io e Sue ci scambiamo un'occhiata complice, sappiamo che ci attende un noiosissimo pranzo, quasi come quello di un matrimonio, condiviso con gente sconosciuta, per lo più industriali, petrolieri, magnati di oro e diamanti, telecomunicazioni, multinazionali, aziende farmaceutiche; insomma, tutti personaggi di cui a me non interessa niente, che praticamente neanche conosco.

«Dobbiamo solo resistere. Quattro ore e sarà tutto finito», spero davvero che quello che sto dicendo sia vero, ma la vedo dura.

«Camille, vieni cara, Lauren ha invitato il rettore e sua moglie a pranzo».

Mio padre, Frederic, circonda mamma in un abbraccio e la bacia sulla guancia, invitandola poi, insieme agli ospiti, a tagliare corto con le chiacchiere e a raggiungere la location gentilmente offerta dai genitori di Sue: i Merryott. Sì, proprio i proprietari e fondatori della famosa catena mondiale di alberghi di lusso presenti in tutto il mondo. L'eleganza delle stoffe più pregiate prende vita dai movimenti dei corpi che li indossano, brulicando per i vialetti come farfalle variopinte. Gioielli preziosi luccicano sotto i raggi solari di giugno a Miami. Gli utili e gli inutili del grande paillettato mondo che in questo momento vorrei non fosse mio. Una grande macchia di colori si mescola e si precipita verso i gazebi, proprio nelle aree dedicate agli aperitivi, e io per un istante posso tornare a respirare. Ringraziando il cielo, la folla è immersa nei discorsi tipici dei noiosi multimilionari. Dopo essere stata presentata a mezzo universo, arriva il momento del pranzo dove accanto a me ho seduti Sue e papà. Tre ore dopo, vengo investita dalla presenza della stampa e dei social, ai quali rilascio foto e interviste.

Vorrei sparire.

Mi salvo dalla noia più totale solo stando seduta accanto alla mia amica. Ci mettiamo in modalità faccia felice *ON* e sorridiamo a tutte le minchiate che ci vengono dette. In men che non si dica, giunge il tanto atteso momento dei fuochi d'artificio, ma soprattutto quello dei regali. La luna ha mandato a riposo il sole e a poco a poco il buio ha calato l'oscuro sipario sulla giornata come fosse il più bel dono che io potessi ricevere, ovvero la fine di questa pagliacciata. La maison Chanel, ha disegnato per me e Sue due abiti da sogno bianchi e neri, come se fossimo gemelle. Detesto avere gli occhi di tutti addosso, desidero solo vivere in un luogo dove nessuno sappia chi sono, dove possa essere una semplice ragazza che ha appena concluso il liceo. Ma poi a distogliermi dalle elucubrazioni e a decretarne la vera fine, è il cielo che arde di tutti i colori dell'arcobaleno accompagnando il tutto con una polvere magica che non finisce più di sferzare l'aria. Le acque di Miami Beach si tingono delle tinte più variopinte ed esclusive mai viste prima, e la mia mente corre in qualche luogo del mondo dove qualcuno è lì che sta puntando gli occhi al cielo, in attesa di cadere nei miei; che smania il mio arrivo, pronto a farmi vivere qualcosa di incredibilmente emozionante. Ho bisogno di vagare in quel luogo immaginario per dare vita a una Faith diversa, ma poi il tintinnio dell'argento sul cristallo mi desta dai pensieri, o meglio, dai sogni che hanno il sapore di due labbra carnose e calde che non ho avuto ancora il piacere di assaggiare, ma nell'idea delle quali mi rifugio e fantastico per dare una botta di vita alla mia triste esistenza, sperando che prima o poi divenga realtà.

«Miei cari ospiti e amici, oggi è un giorno speciale per le nostre bambine, oserei dire memorabile!», mio padre ce la mette tutta per farmi sentire in imbarazzo. E ci riesce, ci riesce davvero.

Merda!

Quali bambine?

Mi vergogno come una ladra, sono un vulcano che sta per eruttare. Vorrei gridare che non sono più una bambina, che ho il desiderio di vivere, che sono stufa di dovermi misurare soltanto con persone al mio pari, che la vita che NON sto vivendo è mia, come lo è il diritto sacrosanto di scegliere ciò che voglio. Sbagliare, per esempio, sarebbe un buon modo di imparare e crescere e individuare qual è la mia vera personalità. Non so nemmeno qual è il mio piatto preferito, perché sono obbligata a mangiare solo determinate cose. Tutte primizie sofisticate dai gusti indescrivibili.

VORREI.

SOLO.

URLARE!

Sue che mi conosce come le sue tasche afferra il mio polso destro, punta le sue iridi sulle mie e soffia delle parole che mi lasciano impietrita, sognante e incredula.

Non è possibile.

Non ci credo!

Se è un sogno non svegliatemi.

2. Falls Hall

Faith

Mi trovo sospesa in aria, a bordo del jet "Maverick"; il preferito di papà. Ne ha una collezione più unica che rara, ma per me, solo il meglio! Magari i miei si interessassero davvero di cosa è meglio per me, sicuramente non sarei sull'orlo di una crisi esistenziale. Non riesco a credere che tra poco meno di un'ora sarò libera di vivere questi mesi estivi nel modo in cui voglio. Tre infiniti, immensi lunghi mesi. Lo so che la concessione della quale mi hanno fatto dono i miei è legata al fatto che sarò relegata in un paesino che conta poche anime, che non è una famosa località di mare dove vanno sempre le mie compagne di scuola e amiche, e che sarò sotto l'ala protettiva dei Merryott, ma il mio scopo non è quello di fare chissà cosa, ma di vivere ai miei ritmi, attraversare la porta della libertà in punta di piedi, poter conoscere qualcuno che non rispetti le regole imposte dai miei. *Respirare*, a dire il vero, rappresenta il mio più grande desiderio. Ho bisogno d'aria, d'ossigeno, di semplicità. Dio solo sa quanto rimbombi dentro al mio cuore questo bisogno estremo, insieme alla felicità che provo per averlo ottenuto, e quanto abbia penato prima di arrivare ad averlo. Stentavo a credere alle parole che ha pronunciato mia madre durante il momento della consegna dei regali. Sue e la sua famiglia devono aver lavorato sodo per essere riusciti a strapparle la mia provvisoria scarcerazione. Se potessi misurare il grado di gioia che provo in questo momento, credo che arriverei a toccare il punto in cui nascono le stelle tra i pianeti e gli astri, e ora che il jet sta per atterrare avverto della paura scorrermi nelle vene, paura di non esserne capace, paura di sentirmi inadeguata e infine emarginata.

Adesso basta!

«Respira Faith, sei libera, non rovinare tutto. Non avrai un'altra occasione», sibila Sue nel mio orecchio destro prima che mamma o papà si accorgano dei miei tentennamenti.

Eh sì, mamma e papà hanno insistito per accompagnarmi e io li ho lasciati fare. Poi mi ripeto nella mente le parole di Sue: *Non avrò una seconda occasione.*

Racimolo aria, la immagazzino nella cassa toracica fino a gonfiarla come fosse un palloncino. Cerco di trattenerla il più a lungo possibile e quando mi sento scoppiare, so di essere tornata me stessa, io, con la mente pulita dalle seghe mentali. Perciò decido di soffiarla fuori in modo lento e costante. Il mio cuore rallenta i battiti. Mia mamma si siede accanto a me spezzando in due il mio stato d'ansia placato in parte dalla sottoscritta, e con dolcezza sfiora la pelle delicata del mio ovale. Nei suoi occhi leggo incertezza, ma non la traduce in parole e questo lo apprezzo tanto. Ero già pronta a un cambio di rotta e invece…

«Felice?», si rivolge a me terrorizzata.

Io la guardo e rispondo all'istante:

«Molto mamma, non mi sembra ancora possibile», maschero con un battito di ciglia e un sorriso composto l'ansia che mi attanaglia lo stomaco.

«Tutto per la mia bambina», emette pensierosa.

***

Jude

Le acque cristalline di Falls Hall sono toccate dai raggi solari e baciate dal loro bagliore, rendendolo uno spettacolo per gli occhi. Mi sdraio sulla t-shirt che ho appena sfilato e posizionato sul prato, e lascio che l'odore dell'erba bagnata dalla rugiada si infili nelle mie narici come quando mamma mi portava qui a giocare da piccolo. Posso ancora vederla, seduta su uno scoglio a leggere un libro, con il volto libero dai capelli corvini, tirati indietro con una fascia celeste. Vorrei sentire ancora una volta la sua voce, vorrei vederla danzare, giocare in acqua, sentirla chiedermi se ho fame, se sto bene, che cosa ho fatto a scuola e se… Ah, *maledizione!* Il passaggio di un jet oscura il sole come fosse un'eclissi, per un istante, e con il suo fastidioso ronzio polverizza l'immagine di mia madre. *Fanculo!* Ogni volta provo lo stesso dolore, la stessa solitudine, lo stesso modo di sentirmi perso, la stessa maledetta paura. Sospiro e mi volto verso la cascata, il suo rumore mi rilassa, tra gare e turni massacranti in ospedale sono distrutto, ho bisogno di riposo. Lascio che il sonno mi culli per qualche ora e poi, ricaricato, torno a casa dove mi aspetta un problema di nome Margaret. So che devo raccogliere ancora più forze perché domani sera si disputerà una di quelle gare tanto impegnative quanto pericolose: *La Pull*. Ognuna di essa ha un nome, e la Pull è quella dove partecipano i piloti più folli, i gladiatori reduci dei tornei come lo sono io. Dopo la morte della mamma vivo di controsensi. Rischio la vita ogni giorno e studio medicina per salvare più vite possibili, e forse anche la mia, o magari per tentare di arrivare a salvare quella di lei anche se so che è impossibile perché non c'è più.

Non c'è più.

Durante i momenti più rischiosi la vedo ancora dove tiro la vita al limite, mi appare per proteggermi, nella medicina invece la salvo. Lo so, sembro uno squilibrato, ma nel mio squilibrio sopravvivo. Tornato a casa, mi desto dal divano diretto in bagno, dopo aver scopato con Margaret per l'ennesima volta. Sto cercando una scusa per evitare la sua presenza di domani, o meglio per i prossimi secoli, quest'amicizia lei la travisa, cerca di mettersi troppo in mezzo e io mi sento asfissiare. Quando precisai che si trattava di qualcosa simile al sesso, ma che per me era soltanto un'amica, pareva averlo compreso, invece non è così.

IO NON VOGLIO NESSUNA.

Ora devo impedirle di farmi da groupie, è troppo pericoloso e non me lo perdonerei mai se le capitasse qualcosa.

Domani è una questione tra me e il Padreterno. Io e lui.

Una lotta all'ultimo sangue.

***

Faith

La strada che dall'aeroporto ci conduce alla lussuosa tenuta di Sue è breve ma rilassante. La natura è rigogliosa, diversa da quella di Miami ma strabiliante in tutti i sensi. Il sole picchia dall'alto del cielo scivolando su ogni superficie, rendendola luminosa e dorata. Le case sono piccole, graziose e curate, ognuna dotata di un piccolo giardino entro la propria recinzione. Avremo incontrato venti automobili in croce e questo mi fa ancora più piacere. Il paese è piccolo e il traffico di Miami non esiste. Solo calma, semplicità, natura e pace.

Welcome to Falls Hall

Un cartello bianco e celeste mi dà il benvenuto e la sua vista mi arreca uno strano effetto. Sono in Texas, nei pressi di Houston e in questo momento sento lo stomaco leggero come se volassi ancora, e un lieve stato di ansia diramarsi dalle viscere e aggrapparsi alla gola, tanto da lasciarla arsa come se fossi nel deserto. Cerco di scuotere la testa e appoggiare la guancia destra al vetro del finestrino, voglio studiare ogni particolare del luogo che spero mi restituirà alla vita. Scorrono davanti ai miei occhi minimarket, scuola della prima infanzia, un istituto di credito, uno bancario, un centro medico, un ambulatorio veterinario, un superstore *Walgreen*… beh, per essere una cittadina che conta mille anime, devo ammettere che c'è proprio tutto. Mentre elaboro i miei pensieri, la mia attenzione viene catturata da dei grandi cancelli che sembrano essere addirittura di un college, un meraviglioso college a dire il vero. Non credevo che questo piccolo paesino vantasse la presenza di un college, tantomeno di tali dimensioni. Ecco il motivo di tante attività commerciali concentrate in un'unica via. Recupero immediatamente il cellulare dalla borsa color oro di Balenciaga e digito "College di Falls Hall, tutto quello che c'è da sapere".

Le mie pupille si dilatano nell'apprendere che oltre alle facoltà di medicina e chirurgia, lettere classiche e moderne ed economia, ci sono anche quelle di moda investimenti e gestione fondi fiduciari e di scienze naturali.

Guarda un po'!

«Che credevi amica mia, che ti avrei fatto passare un'estate intera a girarti i pollici?», cantilena soddisfatta Sue che mi tiene sotto stretta osservazione dall'inizio del viaggio.

«Non ne avevo idea...», ammetto stupefatta.

«Molti ragazzi del college se ne tornano nelle loro città a trascorrere le vacanze, ma molti altri restano perchè a Falls Hall accadono delle cose molto ma molto intriganti, soprattutto di notte, ma lasciamo pure che i nostri genitori credano che sia un paesello ai confini del mondo dove le cascate sono considerate l'unico oggetto di divertimento».

Non credo alle mie orecchie, ma ora collego tutto. Sue ci ha trascorso gli ultimi tre anni, e non era in punizione, bensì in vacanza.

***

I miei pensieri possono arrivare fino a un certo punto, ma non dove i miei piedi sarebbero giunti per poi arrestarsi proprio lì, all'ingresso di un luogo che mi avrebbe risucchiata nella passione più viscerale e nel tormento più doloroso; nell'attesa più lacerante. Nel desiderio più ardente e nell'irrazionalità più assoluta. La mia testa ronza colma di informazioni, di deviazioni, di cambi di programma. Non posso aprire bocca, non posso perdere quello che già mi sta piacendo fin troppo, e Dio ti ringrazio perché finalmente la Limousine si arresta e io posso liberare il mio corpo, la mia anima, la mia curiosità, i miei desideri, correre in camera con Sue e torturarla di domande.

3. Welcome in the real world

Mondi emersi, mondi sommersi, mondi galleggianti, mondi ricchi, mondi poveri, mondi magici, mondi stregati, mondi offuscati, mondi immaginari e mondi veri.

Jude

«Codice rosso! Shell nella sala quattro con Enemies. Bells, con me alla nove politraumi da incidente stradale, muoversi, muoversi!», il dottor Coleman impartisce ordini che sanno di urgenza. Un incidente, *merda!* Proprio ora che devo… Oh vaffanculo! Corro nella anticamera della sala, disinfetto mani, braccia, avambracci ed entro in sala operatoria a vestirmi. Dieci minuti dopo, viene travasata sul tavolo una donna di trent'anni con la milza spappolata.

«Signori, musica! Abbiamo il caso più facile sul tavolo, trattasi di culo! Splenectomia per tutti. Vuole dirmi qualcosa a riguardo, dottor Shell?», domanda quasi certo della mia esaustiva risposta.

Il dottor Enemies inizia l'intervento e come di consueto parte l'interrogazione. Ho gli occhi di tutti addosso, e per fortuna quanto mi chiede è semplice.

«Certamente. In parole povere, si esegue dopo aver inciso e aperto la parte superiore sinistra dell'addome, proprio a quell'altezza», indico con l'indice l'altezza precisa.

«Poi, una volta isolata dai vasi e dai suoi legamenti, la milza viene estratta con cautela, facendo attenzione a non ledere gli altri organi aderenti. Terminata l'estrazione, si richiude l'addome con dei punti di sutura.»

Enemies annuisce e inizia a incidere.

«Perfetto Shell, come sempre. Ora facciamo sul serio!»

Due ore dopo sono fuori con il chiodo di pelle nera sulle spalle, in sella alla mia *Kawasaki Ninja H2* nera con due strisce bianche laterali, unica nel suo genere. Sopra il faro c'è inciso il mio pseudonimo di gara "Black Angel".

Rombo ai motori, sento ancora l'adrenalina scorrermi dentro, come ogni santa volta che incido la pelle di un essere umano per entrargli dentro, ma a ogni chilometro la sento scemare. Volo a casa, bevo una red bull, mi libero dagli abiti e mi butto sfinito sotto alla doccia. Lavo via ore di fatiche, di sudore; da domani finalmente il tirocinio sarà più leggero e soprattutto non ci saranno lezioni fino a fine settembre. L'estate mette gli specializzandi in una specie di relativa pausa, anche se la continuità assistenziale è sempre richiesta. Più correttamente parlando: pretesa. Chad Wear mi invia un messaggio di quelli minacciosi:

"Hai cinque minuti per presentarti qui, o sei fuori". Coglione!

Gioca a fare il bastardo, ma sa perfettamente che se non mi presento, la gara sarà annullata. Sei postazioni per i migliori sei. Non esiste un cinque come non esiste una gara senza Jude Shell. Nemmeno gli rispondo, ancoro lo zaino alle spalle tese, appendo una sigaretta alle labbra, l'accendo e aspiro il fumo che annega i miei polmoni nella dipendenza di chi come me vuole a tutti costi farsi uccidere da queste merdate. Di chi non pensa alle conseguenze. Non che mi sia mai piaciuto fumare, promisi a mia madre che non l'avrei mai fatto, ma anche lei promise a me di non lasciarmi mai solo e invece… *quindi così siamo pari.* Monto in sella, aspiro l'ultima boccata di fumo e lo libero nell'aria prima di indossare il casco e saettare per le curve nere.

***

Faith

«Buona permanenza, ragazze. Mi raccomando, rilassatevi e ragionate sulla scelta del college», raccomanda mamma prima di apporre sulla mia guancia un dolce bacio e abbandonarsi alla comodità dei sedili in pelle della Limousine.

«Non temere mamma, fate buon viaggio, divertitevi. Ci sentiamo al vostro arrivo», prometto con il cuore agitato.

«La affidiamo a te piccola Sue, buone vacanze!», papà mi umilia prima di sparire dietro allo sportello. Una nuvola di polvere crea come un mulinello che accompagna la vettura fino alla grande cancellata. Non so se gridare di gioia o piangere in preda all'ansia, ma non appena l'inferriata si chiude, Sue salta in aria come una molla e mi trascina in camera sua senza che io possa realizzare.

«Cazzo, Faith, sei finalmente libera! Tre mesi di libertà, tre! Te lo immagini?», la mia amica esulta mentre inizia a rovistare nervosamente in una delle sue valigie, dando vita a una pioggia di abiti di ogni genere.

«Non so se sto sognando, oppure… non mi sembra reale. Insomma, i miei che se ne vanno e mi lasciano qui da sola con te. Santo cielo, devono aver battuto forte la testa per essere giunti a tanto», dico ancora incredula e un po' sognante.

«Beh, se stai sognando, svegliati sorella perché stasera ti porto in un posto da sballo!» Sue, sventola fiera due corsetti di pelle nera che poi sistema sopra a due paia di jeans. Inclina la testa e noto che sulle sue labbra si disegna un sorriso a dir poco malefico. Eppure non capisco fino in fondo dove voglia arrivare. Un posto da sballo, qui, in mezzo al nulla la vedo difficile.

«Che stai dicendo? Un posto da sballo qui? Non dovevamo riposarci un po', prima?», domando perplessa avvicinandomi a lei che è già nuda e in procinto di entrare nella cabina doccia.

«Guardami bene sorella», punta con due dita i miei occhi e pretende che mi concentri su di lei.

«Non hai idea di quanti misteri, quante follie e quante notti brave è in grado di regalarti questo posto, e il riposo non sarà mai menzionato nel nostro vocabolario fino a settembre. Ora vieni a lavarti, perché dopo questa notte non sarai più la stessa!» Sue invade la mia mente con le sue parole come un ciclone, pianta nel mio cervello una curiosità che mi divora la materia grigia come un tarlo e tacitamente accetto la sfida. Voglio vedere cosa è davvero in grado di offrire questo micro paese ai confini del mondo. Non credo affatto possa essere così tanto speciale, ma non voglio mettermi a discutere con lei in questo momento, perciò l'accontento e mi preparo.

***

Jude

Porca troia! Un minuto in più e sarebbero partiti senza di me. Questi coglioni fanno sul serio. Che manica di imbecilli! Sicuramente c'è di mezzo quella merda di Wear che è scorretto fino al midollo, ma non è fisicamente pronto per questa gara e tutti ne sono consapevoli tranne lui. In un attimo mi posiziono a fianco di Chad che mi sfida con lo sguardo e che io snobbo all'istante, sollevo la visiera e con la mano destra saluto l'orda di gente accerchiata intorno alla linea di partenza, proprio a mezzaluna dietro di noi. Infine la competizione; Sono contento di non veder schierato quel morto di fame e accattone di Jack, sembra che la polizia lo abbia messo agli arresti dopo l'ultima rapina. Devo ammettere che stasera, tranne Husmann testa di merda e Wear, sono tutti dei bravi competitor. Il tempo dei pensieri viene incenerito dall'incedere sensuale di Bonnie, una grande scopata, ma ha il brutto vizio di accollarsi, *quindi cancellata dalla lista*, che con la sua tendina di paillettes, che riflette le luci dei fari delle moto, in un milione di fasci luminosi che fendono l'oscurità del cielo e delle iridi per poi posizionarsi al nostro centro, solleva il braccio destro e dopo un sorriso esuberante spara nella volta oscura un boato che decreta la nostra partenza.

Mamma.

Nell'infinità del cielo la cerco, nell'immensità delle stelle la trovo, nel cuore del rischio la sento. Eccola, il suo calore, il suo odore, i suoi abbracci mi restituiscono un'effimera felicità ma così piacevole che non la voglio lasciare. Ancora gas, ancora maestria, ancora curve; sono tra le sue braccia, non può accadermi nulla a tal punto che semino tutti. Tra le braccia di un angelo del cielo. La sua voce mi calma, mi fa sentire vivo, utile, amato. Ma dieci minuti dopo, quando ho leggermente allentato, un testa di cazzo, proprio nel momento più bello mi taglia la curva: Pharrell, mai scorretto, che cazzo gli prende proprio stasera, proprio ora che mi sentivo beato? *Stronzo! Figlio di puttana!* Le mie iridi si riempiono d'inferno, di fiamme, di un rosso acceso come quello del sangue che sgorga dalle incisioni chirurgiche; il mio cuore si glassa di gelo artico, il mio corpo si flette, il mio assetto minaccioso è al completo: nessuno può soffiarmi *La Pull*. Il percorso che mi separa dalla vittoria è breve, l'oscurità mi avvolge, la velocità è al limite, il motore al massimo. Recupero il mio posto facendogli mangiare un nugolo di polvere e taglio il traguardo con il miglior tempo mai raggiunto. La Pull è mia. Lo devo a lei, a *mia madre!* Arresto la moto, pianto i piedi a terra, estraggo la testa dal casco e la libero, lascio che i miei capelli corvini riprendano il loro volume naturale, li sistemo dietro alle orecchie e poi lo ancoro allo specchietto, regalo un sorriso alla luna, uno alle stelle che ringrazio per avermela fatta incontrare ancora. In che modo poi… è stato intenso, un momento che rimarrà aggrappato nel mio cuore, e se quell'imbecille non mi avesse tagliato la strada avrei ascoltato quello che stava per dirmi. Mi rassegno perché in ogni caso, dopo quello che è successo, sono felice e questo stato di beatitudine non voglio sprecarlo. Così, chiudo gli occhi, sorrido come quando ero felice, come quando la mia vita e le mie emozioni mi appartenevano, sospiro quella dolcezza e le dedico la mia vittoria.

Per te mamma!

Mi fa male tutto, sono stanco morto, perciò decido di tagliare corto coi festeggiamenti e tornare a casa a riposarmi, ma nel momento in cui il corteo realizza la mia vittoria per La Pull, mi trovo a fluttuare nell'aria accompagnato da un coro di gente che mi palleggia come fossi una sfera da gioco.

Come non detto! Mentre il mio corpo torna giù, attratto dalla terra come una mela che cade dall'albero, sento un suo respiro, una sua parola, automaticamente il mio collo ruota verso le sterpaglie e i miei occhi si posano su una sagoma che non riesco a definire ma che mi appare familiare.

Deglutisco sensazioni strane. Un patema d'animo si dirama nel mio petto, ma non posso distogliermi dal desiderio di incontrare la sua figura ancora e ancora.

Allungo lo sguardo e, in quel millisecondo, le mie iridi si posano su un battito di ciglia che contornano un paio d'occhi stracolmi di mare, d'oceano, di spuma eterea. Un volto di purezza in netto contrasto con il contesto. Racimolo aria. Mi sento come fossi sommerso in fondo a un mare di emozioni. Percepisco le grida, i canti, le ovazioni lontane, ovattate, come fossi in un'altra dimensione. Mio Dio. *Chi sei?*

***

Faith

«Nolan, ti presento Faith».
«Faith, Nolan».
«Piacere Faith, finalmente ci conosciamo!»

«Piacere mio, Nolan. Sul serio, è una vita che Sue mi parla di te, sono contento che tu trascorra l'intera estate qui. Ne vedrai delle belle! Siete pronte?», domanda su di giri.

«Prontissime! La Pull ci aspetta», esordisce Sue.

«Se non ci sbrighiamo arriveremo a cose fatte, coraggio, salite nel mio bolide!»

Senza che io possa farmi troppe domande, salgo a bordo di una Jeep decappottabile nera e mi siedo dietro lasciando davanti i ragazzi. Di Nolan ho sentito sempre parlare, è come se lo conoscessi da una vita. Non sono mai riuscita a capire però che cosa lega lui e Sue. Lui è davvero bellissimo dal vivo, più che in foto. I suoi capelli biondi che incorniciano un viso latino, spigoloso con incastonati due laghi vulcanici e selvaggi che non fanno che agganciarsi a ogni parte di Sue. Mi è sempre dispiaciuto non sapere la verità su loro due, perché lei non me l'ha mai voluta dire. A rompere i miei pensieri sono i fitti boschi che sembrano inghiottirci. La musica che fuoriesce dalle casse dell'auto di Nolan è l'unica cosa allegra. Rabbrividisco e mi stringo l'addome con le braccia. Spero di non aver fatto la scelta sbagliata nel decidere di seguirli in questa follia.

«Manca poco Faith, siamo quasi arrivati!», Sue sembra essere connessa con tutti i miei pensieri, e quando arrivano quelli pronti a sbranarmi dalla paura, sbuca fuori lei e sistema le mie valvole rotte con labili pezzi di ricambio. Non so che farei senza la mia amica, è come se fossi sommersa da chilometri e chilometri di insicurezza, e ora che ho la mia occasione di vivere qualcosa di mio, sembra che io lotti con tutta me stessa per rovinarlo.

Basta!

Decido di stamparmi un sorriso in faccia e chiedere dove siamo diretti.

«Tipo? In uno chalet? Gireremo nel set di Teen Wolf?» Nolan sbotta a ridere e mi dà il cinque, per poi tornare a concentrarsi sulla guida.

«Molto meglio! Andiamo a vedere la disputa di La Pull, anche se la vittoria può essere solo e soltanto dell'angelo nero, ovvero di Shell».

«Disputa? La Pull? L'angelo nero? In mezzo ai lupi? Aiutatemi!», sputo le mie perplessità a manetta, poi Sue accorre in mio aiuto.

«Stasera ci sarà una delle più importanti gare di moto, e Shell è uno dei migliori a gareggiare, oltre che a essere un vero figo, strambo, stronzo, impossibile, insopportabile, pieno di demoni a rincorrersi nel cervello, ma vedrai tu stessa di che tipo parlo».

Porca vacca!

«Questo paese ha le piste in mezzo ai boschi?», chiedo tagliente come la lama di un bisturi. Proprio quel bisturi che da qui a poco mi avrebbe tagliata da parte a parte.

«Sono gare, diciamo al limite del legale», precisa Nolan.

Ecco, lo sapevo! Merda. Questo giustifica il ridicolo abbigliamento che voleva farmi indossare Sue un'ora fa e che alla fine ho messo per farla contenta.

Merda!

«Siete impazziti? Vi rendete conto se i miei lo venissero a sapere? Se ci fosse qualche giornalista o… merda, Sue! Vuoi veramente che la mia vacanza finisca domani? I miei genitori mi ammazzano!», sputo in preda all'angoscia, al terrore di perdere tutto questo, anche se sotto sotto qualcosa solletica la mia voglia sfrenata di essere lì. Ora. All'istante.

«Tranquilla sorella, il termine illegale vuol dire che la stampa è tenuta alla larga da ceffi grossi come montagne e feroci come leoni. Sono anni che corrono, che presenzio e mai una voce è giunta alle orecchie dei miei. Mi credi davvero così sprovveduta?», precisa Sue come un calmante per il mal di denti.

«No. Scusami, è che non voglio perdere tutto questo».

«Non lo perderai», sibila amorevole e intenerito dalla mia reazione Nolan, che sembra essere veramente dolce e comprensivo nei miei riguardi.

Un istante dopo, parcheggia accanto a una fila di macchine dai colori sgargianti. Una volta fuori, un'energia pazzesca alla quale non so dare un nome mi avvolge togliendomi dalla testa ogni sega mentale. Sorrido, annuisco e seguo i ragazzi dove un rumore assordante perfora il mio udito riempiendomi di eccitazione, quasi come se fossi io a sedere sulla sella di una di quelle sei motociclette fantastiche. D'istinto il mio interesse si posa su quella bianca e nera, dove sopra di lei ruggisce gas e potenza, voglia di vincere, di gareggiare, un centauro vestito di pelle nera e fiamme argentate. Il mio corpo viene scosso da un brivido e attraversato da una scarica elettrica nel momento in cui la ragazza avvolta da un abitino di scintille spara in aria un colpo e dà il via alla gara. L'angelo nero parte all'istante, feroce come un demone che rincorre un'anima pura per prevaricarla, per succhiarne l'essenza e infine farla sua. È affascinante il modo in cui protegge la sua moto, il modo in cui la domina e la piega al suo volere. È inebriante il modo in cui tocca e stringe le manopole del gas.

Mio Dio.

«Martini?»

Sue taglia in due la visuale, la tensione, l'oblio nel quale ero sospesa, ponendomi davanti agli occhi un bicchiere colmo di liquore e ghiaccio. Afferro il recipiente di plastica e ingollo una generosa sorsata che mi gela la gola e la graffia di alcol al tempo stesso.

«Grazie! Ci voleva», esalo mentre dei centauri rimane solo un'enorme tempesta di polvere che fluttua nell'aria impedendo la visuale.

«Dove sono spariti tutti?», domando interdetta.

«Sono entrati nella Black Pull».

«Di che cosa si tratta?»

«È nient'altro che una grotta nera dove in pochissimi sono riusciti a uscire senza cadere e rialzarsi, perdendo così tempo e l'opportunità di vincere».

«È molto pericoloso?»

«Abbastanza, ma non per loro che sono i migliori. Usciranno presto, vedrai!» Infatti, poco dopo vedo l'angelo oscuro squarciare il buio con la luce al led del faro. Sembra diverso, mansueto, addolcito da qualcosa rispetto a come conduceva il bolide prima. In un istante osservo tagliargli la strada il conducente della moto verde, e porca puttana come si riaccende. Sembra avere un'aura infernale a condurlo a volare verso il traguardo e tagliarlo con un'impareggiabile esclusività e maestria. La vittoria è schiacciante, i ragazzi saltano in aria, cantano il suo nome.

«Shell, Shell, Shell!»

Una ola femminile si scioglie soltanto a pronunciare il suo nome.

Shell.

Il ragazzo di cui parlavano prima Sue e Nolan.

Shell. Nonostante tutti esultino, io resto affascinata dal suo modo estremamente duro e sensuale di sfilare la testa dal casco e… cosa fa? Santo cielo, sorride alla luna e poi la folla lo carica, lo solleva in aria e in un minuscolo frangente il mio sangue cessa di pulsare, il mio cuore di battere, i miei polmoni di espandersi. I suoi occhi mi accecano di aurora boreale, di un mare cristallino baciato dai raggi solari. La sua pelle sembra sabbia di mare, bagnata da piccole perle e la sua chioma corvina un vento invernale.

4. Storm of hearts

C’è molto di più di quanto si possa immaginare in un solo sguardo.

Jude

L’aria leggera, calda e statica si deposita intorno a quella creatura dalle sembianze di una ninfa del bosco, una stella luminosa del firmamento che resta talmente immobile da non muovere un passo. Non emette alcun suono e non mi toglie gli occhi di dosso. *Gesù*, devo aver bevuto troppa Red Bull, probabilmente non è reale; ma prima che io possa realizzare, un’orda di gente che tifa per me chiede un giro su una ruota e poi quello di rito con la mia groupie. Io, stasera Margaret non ce l’ho, non l’ho fatta venire. A dire il vero gliel’ho impedito, un po’ perchè non voglio più che rischi e un po’ perché ho bisogno di apporre distanza tra me e lei. Tempismo perfetto, non c’è che dire! Mi metto le mani nei capelli, batto mille cinque, duemila pugni, strette di mano, spalla contro spalla, poi incrocio Nolan che mi salta addosso congratulandosi con me.

«Sei stato pazzesco, lassù! Ti rendi conto di aver vinto La Pull?»

«Onestamente sono ancora scosso ma sì, l'ho vinta e ora i tifosi devoti mi chiedono il giro di rito con la groupie, ma stasera sono solo e…»

«Piacere, mi presento, sono Sue, una sua amica!»

Che esuberanza! Detesto la gente così invadente, talmente tanto da mandarla a fanculo seduta stante. Ma non ho tempo, devo risolvere.

«Piacere, Jude», replico tagliente.

«Complimenti per la gara, e se non sono troppo indiscreta vorrei dirti che una groupie ce l'ho io per te stasera, sempre se mi garantisci che non è troppo pericoloso».

Ghigno fra i denti e li serro perché questa si presenta come un soggetto davvero strano e buffo, pedante che vorrei incenerirla, ma arriva al momento giusto e la trovo perfetta per risolvere il mio grattacapo di stasera. Mi guardo intorno per cercare di capire di chi si tratti, ma non vedo alcuna amica nei suoi paraggi. Comunque dev'essere veramente svitata una che mi domanda se fare da groupie comporta dei rischi. Mi passo la mano sul mento, sospiro e cerco di non mangiarla viva. «Non esistono sicurezze quando sei in sella a una moto, per di più legata schiena contro schiena con il pilota. Non posso darti una certezza del genere, su due ruote si rischia sempre, anche da fermi», dico tristemente cercando di capire a chi alluda. Anche se mi sembra di capire che a lei poco importa dell'incolumità della sua amica.

Contenta lei, a me fa un favore. Tanto non devo gareggiare, è solo una sfilata.

«Va bene, fa lo stesso. Faith, vieni qui, serve una mano!»

La tipa non perde tempo e va a chiamare qualcuno poco distante da noi, ma io non ci presto attenzione e riprendo a chiacchierare con Nolan che mi informa del suo ultimo giorno del secondo anno di sala operatoria che si è concluso con un bel trenta e lode.

«Mi raccomando, trattala bene», allude alla sagoma che sta avanzando lenta verso di me.

«Sai che a me questa raccomandazione non puoi farla, io non so trattare bene nessuno, al più cerco di non trattarla troppo male», ghigno, già con l'idea in testa di distruggerla. Solo Margaret è in grado di sopportare i miei malumori e la mia poca voglia di uscire in pubblico. Sono un orso e non faccio favoritismi a nessuno.

«Oh, eccolo qua. Faith, ti presento Jude, Jude Shell».

Alle sue parole mi volto per incontrare colei che dovrà sopportarmi per una ventina di minuti e... *cazzo!* A ogni suo passo la mia gola si asciuga fino a divenire arsa, l'aria residua che avevo nei polmoni viene risucchiata dalle sue iridi di giada e burrasca marina che si cuciono alle mie facendomi sentire un disperso nella tempesta dei suoi occhi. Annaspo in cerca d'ossigeno. Il suo volto, la sua espressione sono così simili a... *No! Non può essere,* non ci credo, non è possibile. La somiglianza che ha con mia madre mi ammutolisce e una rabbia cieca mi spezza in due il costato. Non riesco a capirne il motivo, né riesco a domarla.

«Faith», esalo girandole intorno come farebbe uno sciacallo prima di divorare la preda, e in balia dei colpi inferti dal cuore sulla cassa toracica, come fosse un martello, disintegrando ogni parte. Lei si ferma a un passo da me, mi osserva muta. Non emette un solo suono. Non sopporto questa maledetta tensione che mi rende debole, così decido di attaccarla.

«Vediamo... Dunque, vorresti fare da groupie al sottoscritto, stasera?», ringhio mentre lei continua a sfidarmi con quegli occhi carichi di ondate anomale che sbattono sui miei senza tregua, ma la stronzetta rimanere atona e immobile tanto da farmi andare il sangue al cervello e incazzare di brutto.

Nessuno può sfidarmi senza pagarne le conseguenze.

«Che c'è, il gatto ti ha morso la lingua? Non posso portare con me chi non acconsente. Non è un giretto sulle giostre ragazzina, è più simile a un giro all'inferno con il diavolo in persona. Prendere o lasciare, e se la tua bocca non emette immediatamente un "sì", resti a terra con il tuo mutismo del cazzo!», decreto asciutto.

Ma lei sembra non essere scossa dalle mie parole, non mi dà la soddisfazione di farmi sentire la sua voce, annuisce soltanto e me lo devo far bastare. Per questa volta ha lei il coltello dalla parte del manico, ma si pentirà molto presto di avermi fatto questo affronto.

Sposto l'attenzione su Nolan perché se insisto con lei potrei mandare tutto a monte con sole due parole. Fanculo, principessina!

«Monta in sella. Nolan, legaci!», decreto inferocito e ammaliato dal suo effluvio di fiori di ciliegio che le fa da aura celestiale, nel momento in cui le mie spalle collidono con le sue.

***

Faith

«Che diavolo ti è venuto in mente, Sue? Ti rendi conto? Io una groupie? La groupie di quello?», sclero male.

«Eddai, quando ti ricapita una cosa del genere?», insiste la mia folle amica.

«Cosa? Spero mai più!», l'audacia di Sue mi lascia perplessa e incazzata. Ho capito che voglia aiutarmi a passare un'estate indimenticabile, ma questo è un po' troppo.

«Okay, forse hai ragione, ma guardalo! Non puoi dire di no a una sfilata di rito con un tipo come Shell», fa combaciare i palmi come fosse una preghiera. Intanto dentro di me si scatena una lotta come quelle puniche.

«Mmh», non sono convinta.

«E dai, fallo per me! Ti riprenderò con il telefono, farò un video memorabile e quando quest'inverno saremo al college, rideremo della nostra pazza vacanza e della tua folle esperienza», insiste quel poco che basta per farmi cedere.

«Oh, e va bene!», mi arrendo non per lei, ma per la voglia di sfiorare la pelle nera che fascia ed esalta un corpo statuario cesellato da un muro di muscoli, per il desiderio di sentirmi toccare dai suoi respiri, per sfidare la sorte, schiacciare la monotonia, per ribellarmi alla mia lugubre cella chiamata vita. Lo faccio, mi avvicino a quel pianeta rovente come la lava in ebollizione che sta per eruttare e scorrere su una città prima di incenerirla e raderla al suolo, centimetro dopo centimetro; avanzo verso quell'uomo che ha due lapislazzuli incastonati negli occhi tanto angelici che non gli si addicono. Poi mi arresto e mi getto in pasto a uno stronzo che vorrei mettere al suo posto assestandogli un gancio destro, proprio su quella bocca tanto abile da schernirmi quanto da sollevare ondate di pelle d'oca lungo tutto il mio corpo. Ma la soddisfazione di sentire la mia voce correre dritta nelle sue orecchie non gliela concedo fino all'ultimo.

Stronzo tu.

Stronza io.

«Montate in sella ragazzi, vi lego con questa», Nolan mostra una corda appena estratta dal portattrezzi che tiene dentro al portabagagli della macchina e si avvicina.

Non so descrivere la tensione che riempie e irrigidisce i miei muscoli, lo scoccare del mio cuore come un orologio che scandisce l'ora. Non so dove mi trovo e perché, ma mi sento viva. Viva nel modo in cui probabilmente non mi sono mai sentita, esposta come non lo sono mai stata. Stavolta sono sola con me stessa, sola e in sella alla moto di un pazzo sconosciuto, bello e attraente come il demonio, che mi sta regalando la prima esperienza folle della mia vita ignorando completamente chi io sia davvero. E sono fiera di me perchè non ho paura. La mia schiena è premuta contro la sua, e nonostante abbia la tuta, giurerei di sentire il calore della sua pelle bruciare sulla mia. Una combustione letale e indolcre. Il motore si avvia seguito da un ruggito, il suo corpo si irrigidisce, si piega in avanti e mi fa flettere su di lui estendendo la mia schiena come fa una ballerina di danza classica quando fa il ponte.

«Stai calma, rilassata, fidati di me, asseconda i miei movimenti, non essere rigida e non ti accadrà nulla, sto per partire, pensi di essere pronta?», emette duro, selvaggio e sensuale

«Sì», emetto con la mente invasa dalla confusione, con le narici piene del suo profumo di bergamotto e tramonti africani, di fiumi selvaggi e di tabacco appena aspirato.

Mio Dio aiutami. Non so come sono finita qui, ma devo riuscire ad arrivare alla fine di questa follia incolume e guardarlo ancora negli occhi, ancora una volta ho disperatamente bisogno di scorgere quell'aria maliziosa di sfida che risiede indisturbata in quei fondali d'acqua marina. Adesso siamo legati, un tutt'uno, una squadra, una miscela di innocenza e piombo, pronti a esplodere dietro alla linea dello start.

Io e lui.

Faith e Jude.

Jude Faith.

Il centauro bello e dannato legato alla sfigata più ricca del mondo in missione: “Una sorsata di vita!”.

Non ce la farò mai.

5. Groupie

Faith

Il motore ruggisce, la gente esulta, i miei sensi sono in allerta, il mio stomaco è serrato nell'attesa che abbia inizio questa follia. Le luci dei led puntano su di noi. Mi sento morire. Se non avessi il casco a proteggere il mio volto, lo coprirei con le mani dalla vergogna. *Santo cielo!* In che situazione mi sono andata a cacciare. L'immagine della ragazza di prima si rivela ancora passando a mezzo metro da me, ha il volto perfetto, le labbra carnose e uno sguardo interdetto come quello di chi non riesce a spiegarsi perché ci sia io in sella e non qualcun'altra. È diretta verso la linea bianca, stavolta non ha la pistola in mano, non avrò uno sparo a darmi coraggio, ma l'esultare e le grida della gente impazzita.

Devi solo resistere! Mi ripeto all'infinito.

Ma come?

«Ragazzina, attaccati ai miei fianchi, stringi le cosce lungo la sella e la lamiera e cerca di non avere paura, sto per portare la moto dentro il tunnel più buio del mondo», raccomanda asciutto. Non appena la sua esortazione cessa, il mio stomaco si riempie di qualcosa di frizzante che poi si propaga in tutto il corpo.

«Non ho paura e non sono una ragazzina, mi chiamo Faith», ribadisco irritata e punta nell'orgoglio. Un istante dopo mi ritrovo a vedere la gente rimpicciolirsi fino a ridursi a dei puntini. Jude è potere, elettricità, forza. Una potenza che sento scorrere dalla manopola del gas alle sue braccia, infine abbattersi su di me accelerando le pulsazioni. Non è della velocità e del vento che mi colpisce la pelle che ho paura, ma della sua carica elettrica in grado di incenerirmi dalla punta dei piedi a quella dei capelli, la stessa che mi tiene appesa a un filo come stessi costantemente per cadere.

«Reggiti forte e piegati con me sul lato destro», emette rigido prima di imboccare una curva a gomito che mi porta quasi a strisciare sullo sterrato.

Ma lo ascolto, mi piego e va tutto secondo le sue previsioni, è bravo, incredibilmente bravo, freddo, tirato, consapevole. Non so come e perché ma mi sento incredibilmente al sicuro attaccata a lui. Poi una grossa buca ci dissesta, Jude tiene salda la moto, a me pare di disintegrarmi.

Mi aggrappo ai fianchi dello stronzo e stringo ancor più prepotentemente le cosce, e mi rendo conto che è dura non mollare e cadere. Ma non posso fare una figura di merda del genere. Devo concentrarmi e farcela. Il buio domina ogni cosa, persino il faro che è potente sembra un fievole lumino.

«Brava principessa, restami attaccata e non toccherai il culo per terra, la tua pelle non si rovinerà a causa mia», dice canzonatorio tanto da farmi perdere le staffe.

«Vaffanculo!», grido ferita e incazzata dopo aver sentito le sue parole così fredde e appuntite come spilli. Le grida inondano il cielo reso torbido dai fumogeni mentre la moto inizia a sfilare lenta per dare al corteo ciò che vuole. Sudo freddo, un paio di buche mi tolgono di nuovo la stabilità che con fatica pensavo di aver raggiunto. Sbuffo spaventata e umiliata, ma la corda mi tiene attaccata a lui che sento essere incollato e solido dietro di me. Giurerei di sentirlo persino sorridere con un ghigno imperdonabile. Poi mi calmo a vedere i volti della gente euforici, leggo nei loro occhi gratitudine e follia. Mi piace.

È gratificante, e devo ricredermi: Sue aveva ragione, prima. Forse non è poi così incolore come credevo questo posto. Shell adesso va piano, lo fa per me, ha capito che non riesco più a mantenermi in sella perché, mio Dio, sto tremando, e lo ringrazio per questo.

«Riposati un attimo, sei stata brava per essere la tua prima volta», emette caldo e sensuale allungando di poco il giro per farmi calmare. È incredibile quanto riesca a essere bipolare questo ragazzo. Prima mi prende per il culo, mi offende e poi si preoccupa per me. La sua voce mi fa rabbrividire all'istante, ho il cuore impazzito dalle sue parole, giurerei di sentirlo fare le capriole nella gola. Mio Dio, è così intenso quello che mi entra dentro. Eppure è uno sconosciuto, con un pessimo carattere e carico d'ego.

Maledizione!

Gracchio un «Grazie» al limite del decente mentre Jude si arresta sulla linea di partenza, pianta il cavalletto, solleva la visiera, si slega, scende, mi solleva e mi stringe all'altezza del suo addome, sorride e mi issa in alto come fossi un trofeo. *Ditemi che non sta succedendo a me.*

«Mettimi subito giù!», minaccio mentre sorrido quasi disinvolta alla gente. «Non ti lagnare principessa, dura poco», replica divertito del mio supplizio e poi scivolo giù dove la terra sembra essere molle, o forse sono le mie gambe che non reggono l'emozione.

***

Jude

Il tempo di farla scendere che monto di nuovo in sella e impenno la moto su due ruote. È stato incredibile. Ripenso a ogni sgassata, a ogni rombo del motore, alla sua voce, all'oscurità che ci avvolgeva. Il calore del suo corpo premuto contro il mio sembra essermi scivolato sotto la tuta e incastrato sottopelle. Mi è rimasta annidata nello stomaco la sensazione di conoscerla da sempre, ma la gente intorno a me mi priva del tempo di pensare e la sua figura viene inghiottita dalla folla, tanto che non riesco più a scorgerla da nessuna parte.

«Sei un campione! Dovresti correre per i mondiali, sei sprecato qui», Davon mi arruffa i capelli con la mano e mi dà una pacca sulla spalla oltre a una busta con venticinquemila dollari al suo interno, che prendo ringraziando e sistemo sotto la sella della mia *Kawasaki*.

«Te li sei meritati!»

«È stata solo fortuna», mi limito a dire per non tirarlo a chiacchierare oltre. Lo so che lui rispetto a suo fratello Vincent mi vuole bene e vorrebbe seriamente che io gareggiassi, ma non è questo il mio sogno, non è per questo motivo che corro, e non lo farò. Sono solo i soldi che mi servono, e prima o poi riuscirò a guadagnarne talmente tanti da dover affittare non si sa quante casseforti. Il mare di gente che mi circonda è appagante quanto opprimente. Vorrei andarmene via, e a breve lo farò, ma prima vorrei trovare quegli occhi profondi come l'oceano per potermici tuffare dentro e sentire anche solo per poco quella sensazione che mi ha portato in un'altra dimensione. Ma ecco Anderson che sale sul piccolo palco, di sicuro ne avrà da dire una delle sue. Quando si vince, il suo ruolo è quello di portare il vincitore sul podio e di decretarne l'ufficialità, se così si può dire.

«Un attimo di attenzione, prego! Fate silenzio. Stasera dobbiamo celebrare la vittoria di un vero e proprio campione, del centauro senza limiti e senza paura, ovvero, a quella testa di rapa di Black Angel che ha saputo strappare La Pull agli avversari come se facesse un semplice giro in bici. Il suo stile e la sua grinta sono impareggiabili e quindi, con immensa gioia lo invito a salire quassù accompagnato dalla sua nuova groupie», muove il braccio in direzione del podio dove sono orgoglioso di salire. Poi penso che quella ragazza non è la mia nuova groupie, ma una groupie di fortuna che non so proprio dove si sia cacciata, né se la rivedrò ancora. *Merda! Adesso come glielo spiego?* Prima che io possa agitarmi ulteriormente perché odio fare le figure di merda, noto aprirsi uno spiraglio nel mare di folla che mi circonda e lei che avanza verso di me. Deglutisco più volte a causa delle sensazioni senza nome che scatena in me anche solo nel veder brillare la sua pelle sotto il chiarore lunare, il movimento lento e sensuale delle sue ciglia che si aprono e si chiudono come il volo d'ali di farfalla, il manto scuro dei suoi lunghi capelli un pò scarmigliati che le conferiscono un'aria sensuale e selvaggia, l'andatura dei suoi fianchi… *Cazzo!* Non era andata via. Di colpo sulle mie labbra si disegna un sorriso autentico, genuino, sentito, che non riesco a camuffare con niente e le tendo la mano per aiutarla a salire.

«Amici miei, questa non è una groupie qualunque, ma una dea appena emersa dalle acque di Falls Hall come narra la leggenda, per riunirsi al suo Dio», recita Anderson sempre devoto alla famosa e unica leggenda del nostro paese.

Ogni avvenimento lo riconduce a loro. Forse perché non abbiamo nient'altro in questo posto, ma lo lascio fare e punto le pupille su di lei che sembra in imbarazzo quanto me, solo che io faccio di tutto per non darlo a vedere, perché la scena di lei nuda sotto lo scrosciare dell'acqua di quel luogo incantato quanto surreale, mi accende come una bestia selvaggia.

***

Faith

«Muoviti Faith, ti hanno invitata a salire sul podio!», esulta Sue su di giri.

«Stai scherzando? Sai quanta gente potrebbe riconoscermi se salgo lassù?», boccheggio all'idea di dovergli stare di nuovo vicino che mi manca il respiro. Non credo di poter riuscire a farlo nemmeno per un istante. Nego.

«Le stesse che potrebbero riconoscerti da terra! Vai, muoviti, un milione di persone si assomigliano. Vai con quello stallone e gonfia il petto d'orgoglio, sorella, non concede a molte questo privilegio». Nolan si mette una mano davanti alla bocca perché sa che quando ci si mette, la nostra amica è incontenibile e non accetta un no come risposta. *Sono fregata!* Mi rassegno e fisso un punto immaginario proprio dove è il podio e seguo Jude con gli occhi. Non ce la faccio. Vicina all'obiettivo le parole di quell'uomo mi trapassano come una lancia da parte a parte. Mi ha riconosciuta. Mi blocco terrorizzata, ma poi lo sento paragonarmi alla dea delle cascate che si riunisce al suo Dio e, porca zozza, mi tingo di un rosso fuoco come se fossi caduta in un secchio di vernice di quel colore. Prendo coraggio, respiro e lo guardo, bello come qualcosa di indescrivibile e afferro la mano che mi porge per aiutarmi a salire. Per un attimo barcollo e lui mi sostiene senza che nessuno se ne accorga, e lo ringrazio per questo. Ho i sensi annebbiati dal suo profumo libero e selvaggio come la spuma del mare, come il vento che sfiora le fronde dei pini. Mi è entrato dentro e mi toglie la ragione, mi tronca la stabilità delle gambe, mi stordisce il cervello e non capisco più nulla. Poi gli applausi si infrangono sulla bolla a ripetizione, tanto potenti da distruggerla e mi restituiscono quel poco di senno di cui ho bisogno per reagire. *Mio Dio.* Nessun ragazzo mi ha mai fatto questo effetto così bello e doloroso come un pugno sullo stomaco. Jude afferra la mia mano, mi brucia l'anima con uno sguardo e solleva il suo braccio insieme al mio come fa chi festeggia la vittoria sul podio.

«Eccoli, belli come il sole e la luna, l'angelo nero e la ninfa delle cascate. Vi aspettiamo numerosi domani sera alla festa che si terrà proprio intorno alle cascate, in onore del vincitore».

Una festa.

Significa che lo rivedrò ancora.

Grazie Dio.

6. Dopo la gara

Faith

La notte dopo aver conosciuto Shell è trascorsa piena di tumulti, di pensieri che si accavallavano come onde del mare. Ho avuto la necessità di cercarlo sui social perché l'astinenza dal suo corpo, dal suo odore, dal suono della sua voce si è rivelata letale per me. Vederlo così dannatamente bello, scoprire che non è soltanto uno scapestrato ma anche un chirurgo specializzando mi lascia affascinata quanto immersa nei dubbi. Non immaginavo che le parole di Sue risuonassero tanto vere, eppure è così: questo posto ti trasforma, ti lascia dentro dettagli e sensazioni talmente potenti da cambiarti la vita. Difatti oggi mi sento proprio così: diversa. Sto facendo il conto alla rovescia dal desiderio che ho di rivederlo stasera alla festa. Il ragazzo che ho conosciuto nei miei sogni, nei miei desideri non assomigliava a lui, eppure il mio corpo ha reagito in un modo tale da sconvolgermi nel momento in cui l'ho incontrato. Jude è selvaggio, sfacciato, antipatico, dolce, irriverente e chissà cos'altro. Un uomo così però non viaggia mai da solo. Il pensiero che stasera mi incontri e non mi rivolga la parola si fa opprimente nel mio stomaco, a tal punto da levarmi il respiro.

E se mi ignorasse? Se avesse una fidanzata? Quella che è presente a *tutte* le sue gare, per esempio. *Sempre lei,* di sicuro sarà il solito cliché: alta, magra, slanciata, occhi da cerbiatta, bionda e bellissima, *maledizione!* Parto svantaggiata. Povera me, che pensieri mi vengono in testa. Io mi sto riempiendo di paranoie mentre lui nemmeno si ricorderà di me. Che scema.

«Vuoi dirmi che ti prende?», Sue irrompe nei miei pensieri appena si congeda da Nolan.

«Cazzo, Sue! Hai pure il coraggio di chiedermelo?», provo con la tecnica dell'attacco anziché quella della verità.

«Oh, vorresti farmi credere che non ti sei divertita stasera?», pungola senza tregua. E se la conosco bene, mi porterà allo stremo ma io non mollo.

«Potevo ammazzarmi, finire su tutti i giornali», brontolo.

«Invece sei finita sulla sella di Shell, legata a lui porca puttana, ti rendi conto? Hai fatto un upgrade in sole dieci ore lontana dalla tua comfort zone, Faith, e vorresti dirmi che ti piaceva più ieri, o che invece il corpo statuario di quel demone a tratti angelico ti ha accesa come l'albero di Natale della casa ad Aspen nel giorno dell'Immacolata?»

Avvampo di un rosso scarlatto che parte dal collo fino a sfumare sulla fronte. Sapevo che mi avrebbe colpita, ma non che arrivasse subito dritta al cuore pulsante del mio problema. Un problema sexy e letale come il demonio in persona, che corre su due ruote senza regole di notte e che opera su un tavolo operatorio, seducente come solo lui sa essere e troppo grande per me.

Sono spacciata.

Ha ragione lei, mi sono fatta fregare nemmeno a ventiquattr'ore dalla mia libertà.

«E va bene, mi sono divertita», ammetto sconfitta, mentre lei sventaglia le sue lunghe ciglia soddisfatta dalla mia confessione.

«Tu, invece? Quel Nolan è proprio un bravo ragazzo oltre a essere molto bello, quindi che aspettate a uscire insieme?», le lancio un occhiolino d'intesa e leggo in lei qualche turbamento.

«Non è ancora il momento, Faith. Vediamo come andrà l'estate», esala debole e un po' abbattuta.

«Il fatto che lui e Linny siano usciti un paio di volte, non deve distoglierti da quello che provi», tento di entrare in punta di piedi e limare le sue ostinate convinzioni.

«C'è tempo, abbiamo tutta l'estate e domani sera ci aspetta la prima vera sbornia a Falls Hall, dobbiamo scegliere l'outfit». Non insisto e mi concentro sulla serata di domani, quella in cui capirò se Jude si ricorderà ancora di me.

«Non siamo a Miami, sobrietà. Un pantaloncino jeans corto, un top a fascia, adidas ai piedi e tanta voglia di fare festa», replico pensando a quel paio d'occhi che mi tolgono il respiro.

«Su questo siamo d'accordo. Ora vado a fare una doccia, ho tutta la polvere di quella collina sulla pelle».

***

Jude

Torno a casa quasi felice. Già, *felice*. È una parola che da troppo tempo era rimasta anestetizzata sulla mia bocca, eppure vedere mamma, sentirla parlare, poi *quella ragazza*… È stato come toccare il cielo con un dito, volare con gli angeli, operare su un tavolo facile. Sono sicuro che quella Faith non è comparsa per caso. Sono sicuro che mia madre era in procinto di annunciarla, o che me l'ha mandata lei per rendere le mie giornate meno grigie. Come una sorta di "sostituzione", uno scambio di ruoli. Non sto nella pelle, non so chi sia, che cosa ci faccia qui, se sia la fidanzata di qualcuno, non voglio neanche pensarci. Dev'essere molto giovane, e io ho quasi trent'anni. Ho bisogno di incontrare Nolan e indagare su di lei senza sputtanarmi. Stasera la rivedrò e farò di tutto per tirarla via dalla mischia e strapparle un bacio.

Senti te che cazzo vado a dire!

Addirittura un bacio... neanche la conosco.

Mi butto sul letto, vorrei dormire un po' ma non ci riesco, perciò raccatto il telefono e vado a vedere sul mio profilo d'arte su Instagram se sono stato taggato dal gruppo "Limitless" di cui faccio parte, e se c'è qualche foto con lei. Apro, fremo. Scorro con l'indice, ed eccola, presente in almeno cento foto.

Dio, l'ho tenuta così vicina a me, stretta per alcuni istanti.

È bellissima.

Faith.

Faith.

Faith.

Lascio che il suo nome pronunciato all'infinito anneghi insieme a me tra le braccia calde di Morfeo dove ogni realtà viene aggiustata nei sogni, dove ogni favola si crea senza dare spiegazioni, dove tutto è possibile anche per un povero diavolo come me.

***

Faith

«Buongiorno! Dormito bene?», domando alla mia amica che emerge dalle lenzuola con una chioma fuori da ogni grazia di Dio.

«Buongiorno a te! Insomma… Tu? Mi sembri bella sveglia», si stira e sbadiglia verso la finestra che con un comando vocale viene gradualmente baciata dal sole.

«In effetti non ho dormito un granché», emetto sincera.

«Vedrai che andrà tutto bene, essere ansiose è normale, lo sarei anch'io al posto tuo», biascica mentre afferra il cellulare e ordina la colazione che desidera consumare in camera.

«Due *strong*, Annette, grazie!»

«Potresti raccontarmi la leggenda di Falls Hall?», chiedo quasi impercettibilmente, quasi a vergognarmi della domanda posta. Sue inarca il sopracciglio e le iridi le si inondano di scintille.

«Lo sapevo! Comunque non c'è molto da dire, ma è carina come storia. Ora però mangiamo e poi ricordati di chiamare tua madre, così dopo possiamo concentrarci esclusivamente sul racconto».

Merda, mia madre! Recupero il telefono e trovo una quantità infinita di messaggi, tutti inviati da lei, ma non ci bado, non li apro e invio la chiamata. Schiarisco la voce dopo un colpetto di tosse, sistemo i capelli come dovesse vedermi, e mi metto in modalità bambina sottomessa proprio come piace a lei così evito tante rotture.

«Amore mio, dov'eri finita?»

«Mamma, io e Sue eravamo talmente stanche che ci siamo addormentate molto presto, scusami»

«Oh, tesoro non importa, figurati. Uscite un pochino però, un po' d'aria di campagna vi farà bene, avete studiato così tanto che ora vi meritate un po' di shopping e del sano riposo.»

«Sì, mamma, con Sue pensavamo di fare un pic-nic a Falls Hall in giornata», penso al volto di Jude, alle sue labbra carnose, ai suoi glutei oltraggiosi, ai capelli corvini e ribelli, a quelle iridi ipnotiche. Deglutisco della saliva che quasi mi si strozza in gola.

«Ragazze, che bella idea! Noi invece ci imbarcheremo per la crociera sui Fiordi, per qualche tempo non avremo connessione quindi ci sentiamo non appena sarà possibile. Fate le brave e divertitevi!»

Sai che pena!

«Certo mamma, divertitevi anche voi e saluta gli zii», non lo sono veramente ma io li sento come tali.

«Ciao amore!

«Ciao mamma!», chiudo la chiamata e sorrido a Sue.

«Siamo libere per un bel po' di tempo, stanno per imbarcarsi.», le racconto.

«So tutto!», ammicca la mia amica.

***

Jude

Ho studiato tutto il giorno senza sosta, dopodomani ho l'esame finale e non voglio prendere un voto sotto il ventisette. Poi vacanza. Mio padre mi sta chiamando al telefono, non avrei voglia di rispondere ma devo, almeno oggi.

«Rettore Shell…»

«Figliolo, come va? Ho incontrato un attimo fa il tuo professore di anatomia umana e mi ha detto che è molto fiero di te, e che confrontandosi con il dottor Enemies è emerso che stai andando forte sul tavolo operatorio», esulta soddisfatto di me, una volta tanto.

«Ma chi, Constantine?», domando stupito perché quell'uomo è sempre molto ambiguo nei miei confronti, seppur largo di manica con i voti.

«Proprio lui», precisa.

«Che dire? Sono contento di sentirglielo dire ma secondo il mio punto di vista esagerano. Sto soltanto imparando e, a proposito, dopodomani avrò l'ultimo esame con lui e poi vacanza».

«Allora vuol dire che stai imparando molto bene, ma dimmi, ti sei preparato a sufficienza?»

«Sto ancora studiando, non ho messo il naso fuori per nulla, oggi, sono molto stanco»

«Allora fai una pausa, vedrai che andrà bene. Venerdì sera mi farebbe piacere se venissi a cena al Talamon».

«Papà, non te la prendere ma io non voglio conoscere nessuna, lo so che hai il diritto di rifarti una vita, e non te lo negherò mai, ma lasciami fuori dal vostro privato. Voglio ancora pensarti vicino alla mamma, e non sarò mai pronto a vederti accanto a un'altra», allungo lo sguardo su una delle foto di mia madre che tengo sul comodino accanto al mio letto e mi si spezza il cuore.

«Saremo solo io e te, so bene come la pensi e lo rispetto, anche se mi dispiace molto», esala costernato.

«Allora ci sarò, a che ora?»

«Verso le otto, ordino del pesce fresco», mi informa contento.

Io, invece, mi sento un bastardo. Riconosco che il mio comportamento è del tutto puerile, egoista e irrispettoso, ma non riesco a fare diversamente. L'ultima volta che l'ho visto passeggiare con Annabel per strada, mi è venuta una crisi di panico, ho distrutto mezzo viale di George Pound e sono finito a sbronzarmi in una bettola piena di tossici e squillo.

«Perfetto, a venerdì».

«A venerdì».

Io e lui non abitiamo più insieme da quando ho capito che avrebbe avuto bisogno della sua privacy, così come io della mia, anche se quando devo studiare molto, stare lì dentro mi fa sentire più concentrato, perciò alterno periodi di lunga villeggiatura a periodi che non ci metto piede. Questa piccola villetta in riva al Mason era di mamma e ha sempre detto che l'avrebbe data a me nel momento in cui avessi deciso di sposarmi. Ahimè, non è per questo motivo che l'ho avuta. Ho dovuto accelerare i tempi ma è il luogo dove posso essere me stesso, ancora felice e speranzoso a tratti di qualcosa che non avverrà mai. Sentire ancora il suo amore, per esempio, quello che mi è stato strappato troppo presto. Chiudo il tomo e mi butto sotto la doccia. Il mio stomaco brontola, mi sono dimenticato di mangiare. Mi lavo, esco dalla cabina, tampono la pelle bagnata con il telo di spugna e infine lo annodo in vita per andare a piazzarmi davanti al frigo in cerca di un sandwich da addentare.

7. La festa

Jude

Allungo lo sguardo e vedo lampeggiare sullo schermo del telefono un messaggio da parte di Margaret che non ho voglia di aprire. Mi sento una merda ma non sono dell'umore di vederla, di scoparci, né tantomeno di parlarci. Infilo i jeans neri e una t-shirt bianca ripercorrendo con la mente ogni singolo millimetro delle curve di quella ragazzina che sento vibrare ancora indisturbate sulla mia pelle. Se ripenso alla rabbia che le incendiava le iridi quando non voleva pronunciare il suo nome, quando sicuramente nella sua testa mi mandava a fanculo per i miei modi poco carini, mi ribolle il sangue nelle viscere.

Maledizione!

Odio e adoro sentirmi disarmato e acceso da un qualcosa, piuttosto che da qualcuno capace di esercitare un potere totalizzante mai concesso a nessuna. Spettino i capelli ancora umidi, accendo una sigaretta che appendo alle labbra, aspiro il fumo che libero per casa e sorrido, poi cerco lo smanicato di pelle nel disordine che regna sul mio appendiabiti, e lo trovo in fondo agli altri. Mi ritengo soddisfatto di quanto ho studiato e la mia mente è stranamente libera dai grovigli irrisolvibili dei miei pensieri; sono riuscito nel mio intento proprio nel modo che ritengo sia più efficace. Chiudo a chiave la porta, raggiungo nel garage il mio bolide, monto in sella e parto.

***

Faith

Non ho fatto che pensare alla leggenda di quei due innamorati, o meglio sventurati, per tutto il giorno e più cerco di trovare una somiglianza tra noi due, meno la trovo. Il loro era un amore forte, totalizzante, vero, misterioso, raro, stroncato dalla cattiveria, dall'ottusità, dall'irragionevolezza. Noi nemmeno ci conosciamo.

Però che storia dolce, passionale, travolgente. Fantastica. Se penso a come si sono conosciuti, alla velocità con la quale hanno capito di essere innamorati, alla forza di quell'amore… Lo accetterei pur avendo la consapevolezza che finirà nel modo in cui è finito il loro: ovvero è stato stroncato finché non sono stati inghiottiti dalle acque di Falls Hall.

Lascerei questo mondo, questa dimensione, se servisse a vivere libera come vorrei.

Sogno a occhi aperti e penso che mi piacerebbe tanto vivere un qualcosa di profondo e intenso. Arrivate al grande piazzale che costeggia il corso d'acqua, Sue parcheggia la sua decappottabile vicino a una cascata di felci e fiori bianchi. Uscite dall'auto, vengo avvolta dal rumore dell'acqua che scorre nel letto del fiume, è così rilassante che vorrei rimanere qui per sempre ma poi, a rompere la mia tranquillità sono le casse che pompano musica *garage* come se non ci fosse un domani. Sue ancheggia, salta, muove le braccia e inizia a ballare in mezzo alle sterpaglie. È proprio pazza, ma la adoro. Un attimo dopo la *Jeep* di Nolan sbuca dalla curva a gomito e inizia a strombazzare la sua presenza. Una volta posteggiato, escono dalla sua macchina quattro ragazzi in vena di fare festa, tutti con una bottiglia in mano.

«Ehi, Miami, vieni, ti presento i miei amici!», si rivolge a Sue con le iridi ricolme dei colori del tramonto.

Quel ragazzo è cotto marcio di lei, mi sono bastate due sole volte per avere la certezza di ciò che sospettavo già da tempo a giudicare dalle foto dove sono ritratti e dalle interminabili chiamate che si sono scambiati.

La mia domanda è: cosa li frena?

Sue non ha gli stessi genitori che ho io, è bellissima anche vestita come stasera, semplice in jeans corti e t-shirt, ha tutta la libertà che vuole, davvero non capisco.

Chi ha il pane non ha i denti. *Mah!*

«Faith, vieni anche tu, ti presento Kensington, Anne, Valerie, Kendall e Marshall, sono tutti miei compagni del college».

«Molto piacere, io sono Faith», stringo loro la mano e appaiono subito molto simpatici e gentili.

«Verrai qui al college, Faith?», domanda Anne senza perdere tempo, e di getto rispondo di sì. Non so perché lo sto facendo.

«Sì, è tra le mie prime scelte, ora devo solo decidere e ho davvero poco tempo a disposizione», mento perché sono già iscritta a Harvard.

Mia madre mi ha chiesto, più che altro pregata, di riflettere, o meglio di scegliere tra Harvard, Yale e Princeton, anche se la scelta sua e di papà ricade su Harvard. Stasera sono Faith e basta, e posso ancora decidere della mia vita senza sentirmi oppressa dal peso del mio cognome e dalle scelte univoche che da sempre fanno i miei genitori al posto mio.

«Dai! Che facoltà ti piacerebbe?»

«Ridi, se te lo dico?»

«Perché dovrei?»

«Perché una è moda e l'altra è medicina. Non c'entrano nulla l'una con l'altra», ammetto imbarazzata.

«Io non ci trovo niente di male invece, alla nostra età è giusto avere dubbi e valutare bene cosa sarà del nostro futuro, in un modo o nell'altro». Adoro le sue parole, il suo modo di fare.

«Nemmeno io, se posso permettermi», rinforza Valerie.

«Domani andrò a fare un giro e mi documenterò il più possibile, grazie ragazze», so che lo farò solo in parte, ma mi piace crederci.

***

Jude

Entro in pompa magna, seguito da cori e ole. Impenno, mi metto su due ruote e lascio che il motore ruggisca a nome mio. Lo spazio che circonda le cascate è tempestato di piccole luci. Ogni tronco d'albero presente è addobbato fino ai rami. Ci sono tavoli ovunque pieni di cose buone da mangiare. Carboni ardenti che rosolano carne e hot-dog nei bracieri, fiumi di birra spillati da ragazze poco vestite; una consolle in mezzo a due casse enormi che pompa: "*Sliding*" dei *Bad Boy Chiller*.

Parcheggio la *Kawasaki* in mezzo all'erba, mi guardo intorno nervoso come se mi mancasse qualcosa, come se fossi in cerca d'ossigeno, ma non lo trovo e una sensazione spiacevole si radica alla base della colonna vertebrale alla stregua di un male che si dirama ovunque. Poi la vedo e tutto si trasforma in elettricità, in battiti e respiri affannati. Accendo una sigaretta e accetto una bottiglia di birra per allentare la tensione da Gary il cornuto. È la prima volta che non so come comportarmi quando voglio qualcosa. Di solito mi basta un cenno ed è fatta. Stavolta mi sembra tanto di capire che non sarà così. Gary mi tira a parlare delle prossime gare e pur di avere un motivo per guardare verso di lei, ci intavolo una specie di discorso. Lei non mi ha visto, non mi vede, è impegnata a conversare con le ragazze del gruppetto di Nolan. Mi rilasso perché in quel gruppo sono tutte coppie, finché noto con la coda dell'occhio che lei si allontana, suppongo per andare a prendere da bere. Colgo la palla al balzo per avvicinarmi e vedo quel testa di cazzo di Adam Pharrell attaccare bottone. Sta rischiando l'osso del collo, è già la seconda volta che mi caga il cazzo e non tollererò di certo la terza. L'ho vista prima io, è la mia groupie e adesso lo mando affanculo.

«Pharrell», ringhio come se stesse calpestando una mia proprietà.

«Shell, ancora complimenti per La Pull», alza la bottiglia al cielo e poi ingolla. Lei si volta verso di me e quando le nostre iridi si incrociano sento il cuore galoppare in gola e riesco a pronunciare il suo nome strozzato.

«Faith».

«Jude».

***

Faith

Se un giorno mi avessero detto che solo stare vicino a una persona avrebbe avuto il potere di togliermi il respiro, non ci avrei mai creduto. Invece adesso sono qui a racimolare aria accanto al ragazzo più bello che esista, che non mi lascia spazio, che mi gira intorno come se mi stesse studiando da più angolazioni; come se fossi la preda ormai spacciata, e a ogni sua mossa brucio e annaspo. Non so cosa dire, cosa fare finché lei, quella presente su tante foto, lo circonda con le braccia come fosse suo. Sento la terra sgretolarsi sotto ai piedi e creare una voragine che sta per risucchiarmi fino al centro della terra. Il mio terrore è diventato realtà. Lui non è libero, è suo, e lei lo reclama attorcigliandosi come un boa intorno alle cesellature dei suoi bicipiti scolpiti che emergono dal cotone sdrucito.

«Ciao Margaret, pensavo avessi abbandonato il campo», dice sarcastico e provocatorio Adam, l'avversario di Jude che si è appena presentato.

«Non ci contare, ero solo impegnata in cose importanti di famiglia», replica pungente e bellissima.

«Ora vi saluto, i miei amici mi aspettano con il piatto in mano. A dopo!», fuggo letteralmente spaccata in due. Cerco di riappropriarmi dei miei respiri anche se non è facile. La situazione che mi sono appena lasciata alle spalle era a dir poco infuocata e imbarazzante e non voglio averci più niente a che fare. Detesto imbastire qualsiasi tipo di relazione con uomini impegnati che non sanno tenerselo nelle mutande, o peggio avere situazioni incerte con le loro scopamiche. Strappo nervosamente il piatto dalle mani di Sue che nota subito il mio turbamento.

«Che succede?», domanda mentre si volta verso il furgone delle bibite, e capisce al volo.

«Non farti impressionare da lei, è un'amica un po' ingombrante, ma è solo un'amica», confessa fin troppo consapevole del casino in cui versa la vita di quel demonio dagli occhi angelici.

«Non mi interessa», grugnisco con falsità e sdegno.

«Mhm, non mi pare», pungola.

«Se non ti interessa qualcuno, non ti fai abbracciare in quel modo», grido quasi inferocita.

«Può sembrare tante cose, ma non è come credi tu», insiste facendomi arrabbiare ancora di più.

«Andasse a cagare con la sua groupie. Se vuole la competizione, quella vera, gliela servo su un piatto d'argento!», sbotto ancora, poi cerco di calmarmi perché non voglio farmi rovinare la serata da quello stronzo ambulante. Ho trascorso una bellissima giornata insieme a Sue, immersa nelle campagne di Falls Hall. Alla fine lo abbiamo davvero fatto quel pic-nic, ed è stato magico e molto rilassante. Ho annusato una quantità infinita di fiori profumati e visto da vicino molte specie animali.

In pratica, Sue mi ha portata in un parco, che sembrava più un bosco, vicino casa sua dove risiedevano tante piante e uccelli, tra cui un bellissimo pavone. Era diviso in due: da un lato c'era una specie di zoo e nell'altro si poteva consumare il cibo. C'era persino un bar.

Mi sono divertita molto a dare da mangiare alle papere e a vederle nuotare nei piccoli laghetti insieme ai loro piccoli.

Ripensare a questi momenti funziona da anestetizzante, per cui prendo un bel respiro e torno a chiacchierare con i ragazzi masticando cibo. Di Shell non c'è nessuna traccia nei paraggi, lo noto con la coda dell'occhio, e non posso che sentirmi sollevata. Pure se una domanda mi sorge spontanea nella mente, non posso farci nulla: dove si sarà cacciato?

***

Jude

Se prima mi giravano soltanto le palle, adesso si sono aggiunti anche tutti i pianeti del nostro fottuto universo.

Margaret doveva arrivare proprio in quell'istante dico io? Dannazione! Le avevo detto di starmi lontana, di prenderci i nostri spazi e guarda tu in che cazzo di momento si presenta. Alla faccia della vera amicizia! Tanto lo sentivo che qualcosa in lei era cambiato, avrei dovuto parlarle subito.

Adesso, quel testa di cazzo di Pharrell si sentirà libero di corteggiare Faith, e lei penserà che Margaret è la mia fidanzata. Devo liberarmi e andare a cercarla prima che ci metta le mani quel damerino da strapazzo. Ma una voce risuona nell'aria pronunciando i nostri nomi. *Dio sia lodato!* Anderson ci reclama dalla piazzola dove suona il deejay, quindi non ci penso due volte e con tre falcate lo raggiungo.

«Buonasera e benvenuti alla festa in onore di Black Angel. Quest'anno è stato molto impegnativo dal punto di vista motociclistico, ma qui accanto a me c'è un campione che ha pienamente dimostrato il suo talento, la sua dedizione, la sua tenacia, portando a casa un sacco di vittorie tra le quali La

Pull», pronuncia, alzando un trofeo in aria. Mi spunta un sorriso all'angolo della bocca, ma dal nervoso perché lei non è qui. Se penso che questo obiettivo per me rappresentava *tutto*, ora mi pare niente in confronto all'ansia che mi divora. Nonostante l'invito, non si è presentata. Arrogante e presuntuosa ragazzina che non è altro. Sarà con quel maledetto di Adam, penso mentre continuo a cercarla con lo sguardo che perlustra millimetro su millimetro tutti i presenti. Davanti a me Margaret con le braccia incrociate e con lo sguardo torvo che segue la sagoma di… Faith. Eccola! L'ha trovata e la sta linciando con gli occhi. *Finalmente.* Poso le mie iridi ardenti e desiderose delle sue su di lei, dalla testa ai piedi, dalla punta dei capelli lunghi e lisci come spaghetti, alla consistenza delle sue labbra. Non mi frega un cazzo se se ne accorge, la voglio qui vicino a me subito.

Come non detto. Poco dopo infatti Faith mi fulmina con le sue iridi bellissime e mi sorride nervosamente. L'ho fatta incazzare.

«Ecco tra di noi la nuova groupie di Black Angel, finalmente. Benvenuta ragazza fortunata! A poche di voi è capitato di essere testimoni della vittoria de La Pull», Anderson la invita a salire sul palco e un'ondata del suo profumo stordisce i miei sensi come uno schiaffo in pieno volto.

«Raccontaci com'è nata questa nuova intesa, questa collaborazione, o amicizia, o…», insinua, e conoscendomi sa bene che dove passo lascio il segno, rado al suolo, invece su di lei temo che faticherò un bel po' prima di ottenere quello che voglio, ma lo otterrò, costi quel che costi.

«Calma, calma!», prende la parola lei smorzando il brusio di pettegolezzi e in attesa di qualcosa su cui fantasticare.

«La gara di ieri è stata la prima e l'unica per me, ogni istante è stato frutto del caso, ma sono molto felice di aver portato fortuna a Black Angel e di essere stata paragonata alla ninfa della leggenda di Falls Hall, però la sua groupie resta la sua fidanzata. Grazie per essere così dolci e festosi nei miei confronti, lo apprezzo molto e lo ricorderò per sempre, mettendo questa piccola città al primo posto tra tutti i luoghi dove ho trascorso le vacanze estive. Ora la parola e i meriti vanno a lui», si volta verso di me lasciandomi a bocca aperta. Ha frainteso tutto come temevo, porca puttana. Anderson mi porge il trofeo che d'istinto piazzo davanti a lei impedendole di scendere, le catturo una mano che risulta morbida come il velluto e la avvolgo attorno all'ottone condividendo con lei la vittoria e cogliendola del tutto di sorpresa. Potrei giurare che il mio cuore sia giunto al capolinea, e se resiste a tutto questo credo di potermi ritenere fortunato.

***

Faith

Gli occhi di quella stronza lanciano saette nella nostra direzione. Se avessero il potere di uccidere, a quest'ora saremmo già carbonizzati sul pavimento. È Vero, ho solo diciotto anni ma non sono una cretina, di certe cose me ne accorgo. Ma se è come tutti dicono, e cioè che non è la sua fidanzata, allora perché si sta comportando come se lo fosse? Jude non è suo, lo sento da come trattiene la mia mano nella sua, da come la avvolge, la custodisce, e poi sarà lui a dovermi dire che la sua donna è lei e non è single. Nonostante ciò, ringrazio tutti e scendo dal piedistallo che è riservato al vincitore e me ne vado verso Sue a comunicarle che ho bisogno di fare due passi in solitudine per smaltire la rabbia.

Alla fine non mi è sbollita manco di un grammo.

«Dammi cinque minuti. Ho bisogno di andare in bagno e rinfrescarmi un istante, poi torno subito da voi», soffio nel suo orecchio.

«Ti accompagno, non ti lascio andare da sola», si propone, anche se io declino ancora.

«Non preoccuparti Sue, so arrivare in bagno ovunque lui sia imbucato. Tu devi rimanere qui, Nolan sta per scoppiare dall'ansia se non ti avvicini e balli un po' con lui», la colpisco dove so essere più debole e nel frangente in cui si volta per osservarlo, sono già sparita verso il nulla.

«Coleman, piacere!», un tipo a dir poco figo mi si piazza davanti con un bicchiere in mano e mi strappa una risata dato il suo strambo modo di porsi.

«Piacere, Faith».

«Non ti ho mai vista da queste parti. Sei nuova?», domanda alticcio.

«Sì, sono approdata a Falls Hall per via del college», replico falsamente.

«A inizio estate?», chiede confuso, perché di consueto la maggior parte degli studenti arriva a fine settembre.

«I miei sono partiti per un lungo viaggio e sono venuta a stare dagli zii, così non sono in pena per me e io non mi sento d'intralcio per il loro anniversario di matrimonio», recito una parte che sembra calzarmi a pennello.

«Ora capisco. Beh, un bel gesto da parte tua sacrificare l'estate per loro in questa landa sperduta».

«Sono appena arrivata e mi sembra di avere tutto quello di cui ho bisogno, tu invece?»

«Io vivo qui e sono il meccanico dei centauri di ieri sera».

Ecco. Ci mancava il meccanico figo delle moto. Ma che hanno tutti, qui? Possibile che non ci sia un ragazzo bruttino nei paraggi?

«Cavolo! Complimenti, deve essere un bel lavoro d'attenzione, se sbagli tu cadono tutti, o peggio...», evito di dire il resto, mi sento già abbastanza imbecille.

«Beh, sì. Modestamente, molto dipende dalle mie mani», le mostra grandi e callose, chiaro esito di un duro lavoro ma ugualmente belle.

«Facciamo un brindisi?», domanda certo della mia risposta, quando una voce gli ringhia contro rimbombando per tutto lo spazio infinito che ci circonda: «Che fai ci provi con la mia groupie?»

Mi volto e vedo lui che è retto da una collera e da un fascino disumano.

«Scusa Shell, non avevo capito che...», biascica scuse strappate da un essere che non ammette sbagli o scorrettezze.

«Non sono la sua groupie, Coleman, lo sono stata ieri sera perché non si è presentata la sua ragazza», chiarisco stizzita.

«Sei la mia groupie e Margaret non è la mia ragazza, qui lo sanno tutti, persino gli alberi che ci circondano», tuona meno feroce di prima.

«Okay, i-io, io devo andare, piacere di averti conosciuta Faith», raggiunge la gente oltre i fitti alberi lasciandomi sola con lui che mi rimprovera con gli occhi pieni di tempesta. Appoggio il cocktail datomi da Coleman prima per terra e afferro la bottiglia di birra dalle mani del bastardo egocentrico, tanto per farlo incazzare, bevendo almeno un quarto del contenuto.

«Quindi è così che funziona? È così che sei abituato a fare?», pronuncio incazzata ma euforica di vederlo.

«Tu invece sei abituata a montare in sella al primo che capita e poi sparire come se nulla fosse?»

«Brutto stronzo che non sei altro! Io non monto in sella di nessuno, mai! Ieri sono stata quasi obbligata da Sue, altrimenti nel mio mondo tu e la tua "sella" del cavolo sareste invisibili per me!», gli vomito addosso tutto il mio sdegno e mi pento subito per aver demarcato la linea di confine che ci separa.

«L'ho capito da come ti muovi, dai gioielli costosi che indossi, da come parli che sei una figlia di paparino classista, supponente e sfigata. Ma non ti è bastato vestirti da puttanella per mischiarti ai comuni mortali», colpisce dritto nel mio orgoglio e non ci vedo più dalla rabbia, tanto che perdo la ragione scagliandomi contro il suo petto pieno di ogni meraviglia che una donna possa desiderare, e lo colpisco ripetutamente con dei pugni che non lo toccano affatto, quando invece vorrei cospargerlo di baci.

***

Jude

«Che grinta, principessina! Vuoi uccidermi?», l'angolo della bocca tira le mie labbra generando un sorriso sghembo che la svia dalla vera natura delle emozioni che sto provando, quando in realtà vorrei incatenarla a quel tronco e baciarla a perdifiato.

«Vaffanculo! Visto che hai capito tutto di me, stammi alla larga, no?», fa per andarsene, ma le mie mani sono più veloci di lei e le afferrano i polsi facendola incazzare ancora di più.

«Lasciami andare!», si divincola inviperita. Io mi accendo di passione, di desiderio a vedere quelle iridi di fuoco, a inalare il suo profumo. Poi le aggancio il mento con la mano e la obbligo a guardarmi, a respirare sulle mie labbra del tutto fameliche delle sue. Devo stare attento o perderò la testa. Può fare la spavalda quanto vuole ma si vede da un chilometro che è una ragazzina con poca esperienza.

«Sta' zitta!», soffio sulla sua bocca facendola vibrare. Lei socchiude le palpebre e deglutisce nervosa.

«Non voglio nessun altro nella mia vita che mi dica cosa fare, ho già i miei genitori col fiato sul collo che pretendono di programmare ogni cosa», le scappa una lacrima che disintegra il suo scudo, e mi sento morire.

8. Il potere di un suo bacio

Faith

La sua mano che prima stringeva ora diventa morbida, dolce e calda e si muove intorno al mio ovale quasi come una carezza. Mi asciuga con il pollice le lacrime e poggia il mento sul mio capo, come se tutta quella forza erotica fosse sfumata in un solo istante. Sono una stupida, mi sono smerdata con il primo che ho incontrato. Sono solo capace di disintegrare tutto. Nessuno mi vorrà mai per quella che sono. Ho perso di personalità e interesse, mi aspetto il ben servito nel tempo di un battito di ciglia.

«È per questo che sei qui? Sei scappata di casa?», sussurra preoccupato.

Cosa vai a pensare?

Nego con il capo e non riesco più a sostenere il suo sguardo, perciò abbasso la testa e tento di staccarmi da lui che invece mi attira a sé.

«Guardami», decreta.

Con un dito solleva il mio volto, piantandolo sotto il mento e mi entra dentro con due iridi colorate come una giornata di primavera, tanto da lasciarmi senza alcun tipo di resistenza.

È bellissimo.

«N-non sono scappata di casa. I genitori di Sue sono i miei zii. Ma vorrei averlo fatto, solo che l'unica volta che ho mostrato di avere le palle è stato con te negli ultimi venti minuti», esala disarmata, e io sorrido dentro di me perché non ce la riesco a vedere Faith remissiva. Poi le lascio il tempo di calmarsi e di fare quello che si sente.

«Te ne vuoi andare?», domando con la voce roca mentre le sposto i capelli dietro le orecchie, e lei annuisce.

«Ti porto io con la moto, aspetta qui, non muoverti».

«Okay», emette vergognosa. Io cerco di non perdere tempo, non calcolo nessuno pur sapendo di essere maleducato e in una manciata di istanti recupero il mezzo; quando sto per tornare da Faith, Margaret mi si para davanti a mo' di ostacolo.

«Te ne vai via con quella?», gracchia nevrotica.

«Margaret, per piacere», tento di farmi spazio ma mi oppone resistenza, incastrandosi la ruota anteriore tra le gambe.

«Togliti per favore, devo andare in ospedale, ho un'emergenza», mento consapevole del fatto che davanti a quelle parole non può nulla.

«Sei arrivato a raccontare bugie persino su una cosa tanto seria? Vuoi dirmi chi cazzo è questa che ti sta annacquando il cervello?», impreca a tre centimetri dalla mia faccia furibonda.

«Questo è quello che vuoi vedere tu. Trattasi di una che gioca a fare la principessa sul pisello e che sto tentando di sedurre, perché a mio avviso è piena di soldi. Quindi, la scopo, la faccio innamorare, poi le lascio organizzare una festa di beneficenza dove lei stessa, senza rendersene conto, sborserà le basi economiche per la mia fondazione. Contenta?»

«Ora sì che la storiella della groupie ha un senso», ridacchia malignamente.

«Bene! Ora lasciami andare o la gallinella dalle uova d'oro volerà via dal suo pollaio dorato e io dovrò continuare a fare gare clandestine a vita», accendo una sigaretta prima di montare in sella e scappare via, lontano dalle parole che ho appena pronunciato.

Sono un figlio di puttana.

«Sai che ti aspetterò», rimarca la sua promessa.

«Sai che non lo pretendo», come io rimarco la mia.

Non ho mai voluto nulla di serio con lei e sembrava averlo compreso, ma pare che ultimamente sia troppo insofferente. Ma ora voglio soltanto tornare da Faith, caricarla sulla mia moto e portarla in un posto dove esisteremo solo io e lei.

***

Faith

Non riesco a muovermi, sono rimasta impalata per oltre cinque minuti che sono sembrati lunghi un'eternità. Ho accettato di andare via con lui, voglio capirci qualcosa. *Ah non è vero!* Non posso mentire anche a me stessa, *merda!* La verità è che voglio stare con lui, respirare il suo profumo, sentire ancora il timbro della sua voce entrare nelle mie orecchie e diramarsi fino al cervello mandandolo in tilt. Nell'attesa invio un messaggio a Sue, non voglio farla preoccupare.

"Vado a fare un giro con Shell, non stare in pena, tornerò viva... spero", non ci credo nemmeno io a quello che sto digitando. Quattro giorni fa ero in piena crisi esistenziale e ora sto per montare sulla sella della moto di un ragazzo di dieci anni più grande di me che vive la vita alternandosi come facevano il Dottor Jekyll e Mister Hyde. La luce del faro

squarcia la notte insieme ai miei pensieri e il mio stomaco si annoda lasciando che il mio corpo vibri come uno stormo di farfalle che si levano nell'aria cariche di adrenalina. Mio Dio, lo sto per fare. Sto per disobbedire a tutte le regole. Jude sceglie di guidare senza il casco, la sua chioma indisciplinata fluttua nell'oscurità, mossa dal vento, conferendogli un'aria dannatamente tetra e ammaliante. La sua espressione è seria, i suoi occhi di ghiaccio entrano nei miei grigi come fossero delle trivelle, lasciandomi l'anima spalancata in attesa che ci si tuffi dentro per spiare e razziare ogni mio pensiero. Ogni volta che mi guarda, mi fa sentire nuda.

«Sali!»

Deglutisco a quell'imperativo, ma le mie gambe sembrano assecondare i suoi comandi.

Salgo.

Non indosso il casco nemmeno io, sono terrorizzata ed elettrizzata allo stesso tempo. Mi avvinghio a lui che è duro come il marmo e profumato come un ramo di pino e onde d'oceano. Non ci diciamo nulla. Jude parte e dopo poco svolta a destra per imboccare una stradina sterrata, stretta e dissestata. Il suo corpo è teso, sta attento a schivare le fronde che ci accarezzano la pelle, con la coda dell'occhio osservo il suo mento arrotondato e le sue labbra carnose dallo specchietto, e come una cretina mi stringo a lui ancora più forte. Non ragiono, non mi regolo e non bado a cosa stia pensando perché se la ragione fosse in modalità *"ON"*, in questo momento me ne starei tranquilla alla festa e non a cacciarmi nei casini come sto facendo.

Ma cosa ti dà adrenalina nella vita più del fare follie? Anche se tutto mi dice che è un suicidio annunciato, io non posso farci nulla perché questo corpo, questi occhi e questa pelle, santo cielo, mi attirano a lui come la calamita sul ferro. Avrò tempo per leccarmi le ferite, ora me ne frego, perché sono attaccata a lui come un koala e spero di rimanerci il più a lungo possibile.

***

Jude

Lo scrosciare della fitta tenda d'acqua preannuncia il nostro arrivo. Il suo rumore mi distende, mi fa sentire vivo e tutti i sensi che credevo smarriti nell'oblio tornano a galla restituendomi la pace che tanto mi manca. Soltanto questo posto dove non ho mai portato nessuna fino a stasera e che frequentavo assiduamente con la mamma, mi permette di essere un uomo normale. È come se lasciassi "Black Angel" al di là di quelle sterpaglie e mi trasformassi nel bravo e diligente studente di chirurgia Jude Shell. Sono affetto da un male incurabile e solo io devo farci i conti. Sono bipolare in maniera ancora funzionale, *credo*. Non so quanto durerà.

Arresto la Kawasaki e aspetto che lei scenda ma non lo fa, è stretta alla mia vita come se avesse paura che me ne vada da un momento all'altro, così decido di sfiorare con le dita la pelle delle sue braccia. Prima l'indice, seguito a ruota dal medio, tre centimetri, poi tutto il braccio. Lei sospira e il suo fiato caldo passa attraverso il cotone della mia maglietta e si rarefà sulla pelle sensibile del mio dorso, lasciando che un brivido corra lungo la schiena e mi riempia come un morbillo di pelle d'oca. Quella piccola emozione mi spaventa e lei sembra percepirlo, tanto che si stacca da me e smonta all'istante. La vedo stringersi il busto con le braccia, allora scendo anch'io e le parlo di questo luogo.

«Benvenuta nel cuore della leggenda di Falls Hall principessa», mi inchino dinanzi a lei.

«È un incanto, Jude», emette stordita dalla bellezza surreale di questo posto. Senza volerlo indietreggia e finisce per sedersi sulla roccia preferita di mia madre, e mi si spezza il cuore. La rivedo in lei per qualche millisecondo e una lacrima mi solca la guancia, poi due. Mi sbrigo ad asciugarle, non voglio che mi veda fragile come lo è stata lei sotto alla chioma di quell'albero venti minuti fa.

«Come si sono create queste cascate?», domanda rapita con il nasino all'insù e gli occhi in totale adorazione di quel liquido argentato reso ancor più luminescente dalla luna.

«Questo è il bello, sai?», replico sognante e carico di ricordi, perché era la mamma a raccontarlo a me, e ora io lo faccio con Faith che mi apre il cuore a ogni respiro; un cuore di nuovo esposto agli attacchi, ad altri dolori, a lei che dovrei tenere a distanza.

Faith mi osserva con le iridi piene di luna e d'acqua placida.

«Non c'è alcuna montagna nelle prossimità di questa cittadina, solo un lago naturale a pochi chilometri da qui. A livello geografico resta un buco, un mistero, mentre la leggenda narra che il lago fu creato dalle lacrime dei due innamorati che una volta separati, tornavano nel luogo dove si erano amati piangendo fiumi salati che poi dettero vita a quelle acque».

«Incredibile, dolce, triste», sibila assorta nei pensieri.

«Solo dopo essersi ritrovati, si crearono le Falls», le indico il sipario di mercurio liquido che mormora e si infrange nella lastra blu sfumata d'alluminio, baciata dal tripudio di stelle che illumina il firmamento. Le sue iridi tremano, il mio cuore scalpita. Mi avvicino a quel masso di calcare, contenitore colmo di ricordi che squarcia il mio petto con un piccone di gioiose memorie. Mi siedo e la sento vicina. Faith boccheggia, con la commozione a bagnarle la vista. Vorrei abbracciarla, trattenerla stretta tra le mie braccia ma non ci riesco. Sono bloccato da me stesso, dalla mia mente, dalla paura.

«Ho visto meraviglie nella mia vita fatta di lusso, ipocrisia e falsità, ma mai, dico mai, qualcosa di talmente gigante da togliermi la parola e da scompormi il cuore. Questo posto è magia. Grazie Jude», alle sue parole così vere e sentite, qualcosa dentro di me si disintegra a tal punto da incenerire le distanze. Raccolgo i suoi capelli nel palmo, li annodo con dolcezza e libero il suo volto dalle tenebre per farlo risplendere di luce propria. Le sue iridi ardono di fuoco lunare, le sue labbra di tramonti infuocati. Non resisto, la sua ingenuità me lo fa diventare sempre più duro, il richiamo della sua pelle, del suo odore mi acceca e mi precipito come un aereo in avaria sulla sua bocca, senza pietà.

La lecco, l'assaggio, la spalanco per poi invaderla con la lingua. Non sono romantico, solo questo so fare. Ma poi lei mi accarezza la guancia e abbraccia la mia lingua con la sua, la assapora, la accarezza, ci gioca dolcemente e io la lascio fare perché mi piace, mi riempie e mi uccide al contempo. Il mio corpo scalpita, freme, la desidera a tal punto che le mie mani annegano sotto la t-shirt, poi sotto il reggiseno. I miei palmi si riempiono dei suoi seni che risultano sodi, Faith mugola sul mio collo, le mie dita stuzzicano i suoi capezzoli rigidi come spilli.

«Jude», soffia eccitata.

Ringhio possesso, eccitazione, desiderio; avvolgo il suo corpo con le mie braccia e ci stendiamo sull'erba, piccole particelle d'acqua ci piovono addosso, siamo vicini agli sbuffi delle cascate. Lei è persa, bellissima, ho l'erezione a un passo dall'eruzione; la accarezzo, la sento pronta per me, ma all'improvviso un rumore la fa saltare in aria distruggendo ogni singola nota di questo spartito musicale.

Cazzo! Chi può essere in grado di turbarla tanto?

9. Limbo

Faith

In vita mia ho baciato, la mia saliva si è mescolata a quella di altri ragazzi diverse volte, ma nessuno mi ha mai fatto fluttuare, ardere e desiderare a ogni istante di essere invasa completamente dal suo corpo come è successo con Jude. Lo voglio disperatamente, come voglio questa vita. Lo desidero, sono pronta per consegnarmi al famigerato Black Angel che è tutto fuorché “il ragazzo raccomandabile” che i genitori vorrebbero per le loro figlie. Soprattutto i miei, conoscendoli. *Ma me ne frego.* È la parentesi che tanto attendevo, che sognavo e che ignoravo esistesse davvero. Arrivata a questo punto non mi interessa, nessuno mi ha fatto provare quello che mi fa provare lui con un solo sguardo. Sono qui, con te, sotto questa luna, sul filo dell’acqua, dove nessuno può invadere la nostra privacy. Le sue braccia mi caricano di peso e mi depositano sull’erba, le sue mani grandi e calde accarezzano la mia pelle; vibro e tremo sotto al suo potere, sotto al suo calore. Non desidero nulla oltre questo, oltre lui che mi spinge al limite, che mi sa toccare, baciare, accendere. Ma poi la suoneria del mio telefono rovina tutto. Non posso non rispondere, perché so che quella musica appartiene al numero della mamma, e so che starei in ansia per tutto il tempo se non dovessi accettare la chiamata. Con un balzo mi metto in piedi e recupero il telefono dalla borsetta che è appoggiata sulla roccia, do le spalle a Jude perché mi vergogno come un cane, pulisco la voce con un colpo di tosse e rispondo: «Mamma!».

«Cuoricino mio, come stai? Tutto bene? Finalmente abbiamo la connessione e ti ho chiamata subito», cinguetta trafelata, come se non mi sentisse da giorni. Mi tocco la fronte con la mano dall'imbarazzo. Vorrei rispondere che fino a quel momento stavo benissimo e che con il suo tempismo ha rovinato tutto.

«Tutto benissimo», emetto un fiotto che tampono con la mano perché la lingua di Jude sta percorrendo lenta e letale il solco della mia spina dorsale. Gesù.

«Racconta tesoro, magari spegni l'acqua della doccia perché non si capisce nulla», suggerisce infierendo sulla labilità della situazione.

Porca miseria, smettila! «Sono tutta bagnata, a dire il vero ero già entrata e sono uscita per salutarvi e non perdere la chiamata ma ecco, posso stare poco, magari ci sentiamo appena ho finito», provo a cavarmela in questo modo e prego Dio che molli la presa.

«Oh tesoro, certamente. A questo punto io e papà andiamo a cena, ci sentiamo per la buonanotte».

Dio, ti ringrazio.

«Buona cena, a dopo», la liquido letteralmente.

«Ciao amore mio», saluta papà.

«Ciao papà!», mi sbrigo a chiudere perché non riesco più a contenermi, ho la sua lingua sul collo, poi sull'orecchio.

«Sei scorretto», sussurro prima di posare le mie labbra sulle sue.

«Sei bellissima», si impossessa di nuovo della mia bocca, dei miei respiri e perdo la connessione con il mondo per allacciarla solo a lui. La mente e il corpo sono totalmente agglomerati a un perfetto sconosciuto che mi fa sentire viva, desiderata e bella. Ma poi è il suo telefono a vibrare e Jude cambia espressione, si irrigidisce e risponde con un tono cupo che mi fa rabbrividire.

«Digli che si preparasse a perdere, a quell'imbecille. Sto arrivando», ruggisce inferocito. Senza dirmi una parola monta in sella e accende il motore, fa un cenno con la testa e capisco che ora tocca a me. Mi sento umiliata, inutile, a tal punto che vorrei piangere. Salgo come un automa, mi attacco a lui senza sapere dove andiamo e perché, ma dal modo in cui sgomma arrivo a pensare che qualcosa di grosso lo abbia fatto incazzare. Stavolta non è attento, va veloce, prende le buche con noncuranza.

Ho paura, il vento prodotto dalla velocità mi tira e scompiglia i capelli che sbattono sulla pelle del mio volto come sottili cinture di pelle. Le curve sono tante, tutte a gomito, ho lo stomaco in subbuglio, il percorso è tetro, immerso in un agglomerato di grotte calcaree e terreno brullo, completamente l'opposto di dove eravamo prima. Jude sembra essere stato inghiottito in una sorta di trance infernale, disconnesso da me e diventato un tutt'uno con la sua moto. Mi ha tagliata fuori, lasciandomi inglobare dal freddo doloroso del suo comportamento bipolare. Ho troppo male al volto, mi appoggio con la faccia sul suo dorso per avere un po' di sollievo ma lui non sembra gradire, dal momento che si irrigidisce ulteriormente, allora ci poggio soltanto la fronte. La delusione mi divora, se penso che appena dieci minuti fa stavo per concedermi a lui che sembrava totalmente preso da me. Era tutta una bugia.

***

Jude

Quella merda umana trova sempre il modo di sfidarmi, di rompermi i coglioni, ma stasera lo ammazzo, giuro! Tiro la moto al massimo, sono un fascio di nervi, un agglomerato di rabbia e tensione, non curandomi di lei che è rimasta atterrita dal mio comportamento, ma non può sapere con chi ho a che fare, a come mi ha provocato l'ultima volta. Infatti ho sbagliato, avrei dovuto lasciarla con Nolan e la pazza della sua amica, ma la verità è che la voglio con me. Sono un cinico egoista di merda. Ecco, intravedo le luci che provengono dalla Stanner Road... *figlio di puttana*, ti farò mangiare tanta di quella polvere che pietrificherà definitivamente il residuo di quel micro cervello che hai in testa. Giungo davanti a un discreto corteo di gente che è al lato destro di un piccolo furgone scassato in attesa del mio arrivo. Freno a un millimetro da lui, pianto il cavalletto a terra e mi getto su di lui colpendolo petto contro petto, facendolo letteralmente balzare all'indietro, poi gli ringhio contro lasciandomi alle spalle la sagoma di una Faith sicuramente sgomenta.

«Che cazzo fai? Come ti sei permesso di organizzare questa pagliacciata?», gli ruggisco in faccia, anche se lui sembra essere impassibile, anzi provocatorio.

«Oh, eddai Angioletto nero, ti sei gasato per La Pull e ora non vuoi gareggiare più? Che c'è, te la stavi spassando con la pollastrella miliardaria e ora ti brucia il cazzo per essere stato disturbato? Dai che se corri e perdi, stasera magari ti regala una bella pompa!», ride perso nella sua deficienza e io non riesco a trattenermi, al punto che gli pianto un pugno in faccia spaccandogli il labbro inferiore e facendogli sanguinare il naso.

«Non ti azzardare mai più a dire una cosa del genere o sei morto!», lo minaccio con l'indice che preme sul sangue che sgorga dal suo naso. Chad retrocede di un passo quando Faith mi abbraccia da dietro, si impatta sul mio corpo rigido e innervato dalla rabbia cogliendomi impreparato come un meteorite che si schianta sulla terra, e mi sussurra di stare calmo, come un vento caldo che mi avvolge e anestetizza la mia ira.

«Non rispondere alle sue provocazioni, Jude», esala dolce come il miele e spaventata a morte. Lei ignora il fatto che io non sono uno di quelli che non sa come farsi intendere, lei non è a conoscenza di quello che ha fatto quel malato di mente, e che se ancora respira è solo grazie al fatto che lo hanno messo in galera prima che lo trovassi.

«Solo un giretto di prova Shell, magari con la puttanella», infierisce e io rimango bloccato dall'ucciderlo seduta stante solo grazie all'incedere della figura di Margaret che lo accosta con una cinta in mano.

Che cazzo succede? Che c'entra lei qui?

«Che ci fai tu qui? Ne sapevi qualcosa?», domando velenoso e lei non dice una parola, né mi degna di uno sguardo.

«Non ti scaldare, l'ho presa in prestito visto che ora tu ne hai un'altra», replica canzonatorio. Non ci vedo più dalla rabbia, mi chiedo quale sia il motivo che ha spinto Margaret ad accettare una tale bassezza, ma avrò tempo di indagare.

«Che vuoi Chad, non ti è bastata la sconfitta di ieri sera o ti brucia e sei qui per...? Spiegamelo tu perché davvero non ci arrivo».

«Voglio la tua groupie, la puttanella, quella nuova intendo», indica con il dito nella direzione di Faith e io mi incendio ancora di più di un fuoco infernale, viscerale, fobico, folle.

«Ti sei già preso Margaret, quante ne vuoi montare in sella?», continuo a premere sul suo dolore e lui si ritrae.

«Per stasera mi accontento di Margaret», molla l'osso sapendo di aver tirato fin troppo la corda e tace, ma il silenzio viene squarciato da una Faith agguerrita.

«Che cosa ti fa pensare che io mi abbassi a salire in moto con un perdente come te? Con uno che usa questi mezzi subdoli per rimorchiare, o ancora peggio, per far incazzare quello che è un vero campione?», sentenzia lapidaria lasciando tutti a bocca aperta, compreso me. Chad infila il casco senza ripulirsi dal sangue in faccia, carica Margaret e si mette in posizione di partenza.

Nolan e gli altri arrivano lasciando una scia desertica alle loro spalle e scendono dall'auto diretti verso di noi. Sue si precipita da Faith e Nolan da me.

«Che cazzo gli è venuto in mente, e Margaret come ha potuto…», predica nervosamente mentre fa avanti e dietro creando un solco di polvere.

«Sta calmo, andrò da solo, non porterò la ragazzina con me, non sono abbastanza sicuro di questo percorso, è pericoloso e non voglio…»

«Non vuoi cosa? Portarmi con te? Non sei tu a poter decidere per me, sono abbastanza grande per farlo e io non ti lascio andare da solo», emette incazzata, scarmigliata e bella come una dea. Quella che prima stavo baciando, che tenevo tra le braccia, che stavo per possedere. Sto facendo una cazzata, la sto trascinando nel casino della mia vita e lei non lo merita.

Ma il *"Non ti lascio"* emesso dalla sua bocca è più forte di qualsiasi cosa. Mollo tutto, la catturo tra le braccia e la bacio davanti a tutti come non ho mai fatto con nessuna.

«Adesso sali, principessa», soffio sulla sua bocca lasciando che i presenti si godano la scena, Chad compreso.

L'espressione di Margaret è cupa e pericolosa, iraconda. Ho come l'impressione di non conoscere affatto questo lato oscuro di lei che le ha permesso di farmi uno sgarbo del genere.

«Nolan, legaci per bene, non sarà una scampagnata», impartisco l'ordine alla persona di cui mi fido di più e monto in sella in attesa che Faith faccia lo stesso.

***

Faith

Rimango incredula di fronte a quanto stia accadendo, a quanto poco la gente ci abbia messo a capire chi sono, pure se Jude sembra non afferrare. Il che mi fa stare tranquilla, ma solo per poco perché prima o poi mi chiederà spiegazioni e quando saprà chi sono veramente, si allontanerà da me definitivamente come fanno tutti. Il mio cognome può allettare all'inizio ma poi fa paura. Invece a questo stronzo gliela dico io una bella cosa in faccia. Nessuno può permettersi di dire certe cose e contrariamente a quello che è il mio carattere lo schernisco con due parole.

Puttanella sarà la sua amichetta, *non io!*

«Che cosa ti fa pensare che io mi abbassi a salire in moto con un perdente come te? Con uno che usa questi mezzi subdoli per rimorchiare, o ancor peggio, per far incazzare quello che è un vero campione?», mi stupisco di me stessa, della mia audacia, della mia sfrontatezza.

Poi Jude.

Mio Dio. Sento le sue mani aggrapparsi sui miei fianchi e la forza delle sue braccia mi attira a sé, catturandomi in un bacio appassionato, che mi strappa dalla realtà e mi conduce nel cuore di un'altra dimensione. Le sue labbra saccheggiano le mie dolcemente e poi si uniscono insieme alla lingua in un bacio selvaggio, folle e di nuovo dolce da lasciarmi impietrita, con gli occhi sgranati, come la maggior parte dei ragazzi che ci circondano. Ogni cosa intorno a noi scompare, ogni suono viene meno, resta solo quello dei nostri respiri che vorticano di un'insensata passione.

Chi sei Jude Shell?

Non puoi cambiare umore e personalità in questo modo. Sue arriva e mi travolge con un abbraccio, è spaventata come lo sono stata io a vedere quell'individuo scagliarsi su Jude e viceversa. Nolan cerca di dissuadere Jude che è inflessibile, vuole gareggiare a tutti i costi anche se non si sente sicuro.

«Non è una gara, non ha valore e tu sai quanto sia pericoloso questo percorso. Mandalo al diavolo e vattene via con Faith, per favore», dice accorato.

«E fare la figura del cagasotto? Neanche morto!»

È testardo e suppongo che nessuno sarà in grado di dissuaderlo. «Faith, quello è un pazzo, un delinquente, non hai idea di quello che ha fatto passare a Jude», ascolto la mia amica, ma ho già preso la mia decisione.

«Quello spocchioso non avrà la meglio, non stasera. Correrò con Black Angel e andrà tutto bene, poi mi racconterai quello che gli ha fatto», la stringo e mi reco davanti a Jude che è in sella in attesa di essere legato a me. «

Ne sei sicura? Non abbiamo nemmeno i caschi, non posso esporti a un rischio simile», dice cupo in volto e preoccupato, ma io annuisco.

Voglio andarci.

«A questo penso io», esordisce Parrish con due caschi in mano.

«Che tempismo, grazie fratello!», Jude afferra il suo casco grato e io faccio lo stesso.

«Siamo andati a recuperarli appena abbiamo saputo», puntualizza premuroso il compagno di corso di Jude.

«Ci manca Bonnie, chi la sostituisce?», gracchia quella stronza scorretta di Margaret che ha aperto bocca solo per dire queste due parole.

Le strapperei tutti i capelli da quanto mi fa venire il nervoso, con quella faccia da falsa.

Sue si offre volontaria e si mette in posizione distogliendomi dall'intento.

Nolan ci lega saldamente.

Tre, due, uno…

10. Stanner Road

Jude

Ho il cuore in preda all'agitazione, questo percorso è impervio, pericoloso e spero che quel demente non lo abbia manomesso in qualche modo. Non mi fido di lui, della fretta che ha avuto nel volermi sfidare, né di tutta la situazione in sé. Sono responsabile anche di Faith, stasera e se le dovesse accadere qualcosa di brutto non me lo perdonerei mai.

«Faith, sei ancora in tempo, la storia qui si fa pericolosa e io non sono preparato quanto dovrei, non ho provato a sufficienza e quella merda d'uomo è un delinquente», la supplico di ripensarci.

«Allora non accettare la sfida».

«Troppo tardi».

«Dunque non c'è altro da dire, correrò con te, chiuso il discorso. Concentrati sul percorso, io cercherò di non crearti problemi», replica testarda come un mulo. Accanto a me quella traditrice di Margaret legata a quel bastardo mi provoca la nausea. È vero che tra di noi non c'è mai stato amore, ma credevo fossimo legati da una solida amicizia. Che delusione.

Riporto l'attenzione sul sentiero e punto lo sguardo sulla sua amica che sembra terrorizzata da tutta questa puttanata.

In quell'istante Sue chiude gli occhi, solleva il braccio verso il cielo, poi spara due colpi in aria e *via*! Concentro tutta la mia rabbia sul gas che porto da subito al limite incenerendo le distanze. Nessuno può vincere contro di me, *nessuno!* Figurarsi un pagliaccio come Chad. Il percorso è stretto, sterrato, dissestato da fitte crepe sul terreno; alcune le cavalco, altre le schivo. Vado avanti per una ventina di miglia, poi con mia sorpresa mi trovo a dover deviare in un altro sentiero non mappato nel percorso di gara. Non ho scelta, porca puttana, è tutto franato, ci sono le transenne, devo imboccarlo per forza, dev'esserci stato qualche cedimento dall'alto. Per correttezza avverto Faith, la metto al corrente di quanto mi trovo davanti.

«Faith, questo percorso non è sulla mappa di giro, è una deviazione messa qui di recente. C'è stata una frana, se imbocco questa strada non so che cosa ci aspetta, te la senti o preferisci che torni indietro?», dico con il cuore in mano.

«E darla vinta a quei due stronzi? *Mai!* Andiamo, non sarà che un pezzetto di strada», dice cazzuta, e questo mi piace.

Camuffo un sorriso e modero il gas.

La assecondo, ma il mio sesto senso continua a dirmi che c'è qualcosa di troppo strano. Per la prima volta mi sento protettivo nei confronti di qualcuno, talmente tanto che rinuncerei a tutto questo pur di tenerla al sicuro. Avanzo più lento di prima, ci sono sterpaglie ovunque, rami secchi e appuntiti come spilli che si conficcano e graffiano sulla pelle, rovi che invadono la carreggiata; su alcuni punti non si vede nemmeno la strada, e stranamente non sento il rumore della moto di Wear.

«Faith, credo che dovremmo tornare indietro, non è possibile proseguire», arresto la moto davanti a un altro cumulo di macerie, ragiono per qualche istante con il navigatore in mano e decido di prendere il piccolo sentiero sulla destra seguendo l'insegna del lago.

«Andiamo a ripulire le ferite con un po' d'acqua e poi torniamo indietro, okay?», propongo sicuro che mi dirà di sì perché la sento tesa e sono sicuro che prova dolore quanto me.

«Va bene, ne ho bisogno», acconsente provata dai graffi che ha inflitti nella carne a causa dei rami.

***

Faith

Ho le braccia e le gambe piene zeppe di lesioni, mi brucia ogni millimetro di pelle, non riesco più a sopportare il dolore. Jude pianta il cavalletto e ci slega. Anche lui è messo nelle mie stesse condizioni. Porca puttana!

Guarda dove ci dovevamo andare a cacciare.

«Mi dispiace», esala costernato, puntando le iridi ingrigite dal dispiacere sul carminio che sgorga dalla mia pelle.

«Non è colpa tua, sto bene», replico tentando di mascherare il fastidio. In silenzio mi trascina verso lo specchio d'acqua che sembra una lastra di mercurio circondata da canne di bambù e piante dalle foglie strane. Jude è ripiegato nel silenzio di chi si sente colpevole, io non riesco a fare a meno di subire il frinire dei grilli e il gracidare delle raganelle che sembrano dare inizio a un concerto romantico. Colta di sorpresa dalla piacevole temperatura dell'acqua che sento scorrere sulle braccia, avverto subito il sollievo che spegne l'incendio scalfito nella pelle, ma poi arrivano le iridi di lava di Jude ad accenderne un altro nel momento in cui inizia a lavare via il sangue dalle mie ferite.

«Mmh», il mio è un lamento tra dolore e sollievo, di eccitazione e paura di volermi concedere a un uomo troppo folle quanto complicato che vive una vita spaccata tra rischio e mistero, tra luci e oscurità.

«Resisti ancora un po', faccio presto», dice premuroso, pur essendo tutto lacerato e bisognoso di cure quanto me. Mi abbasso per raccogliere un po' d'acqua e la faccio scorrere prima sul suo braccio destro e poi sul sinistro. Jude si avvicina al mio viso, sposta la mia chioma sul lato destro, mi accarezza le guance con entrambi i palmi, poi deposita un bacio colmo di scuse e insicurezze sulle mie labbra e si stacca da me per spogliarsi dei suoi abiti e buttarsi nel liquido illuminato dalla luna. L'aria che stavo inalando mi si strozza in gola, Jude è il ritratto di un dio greco, della perfezione umana. La sua pelle è un velluto olivastro che riveste un corpo cesellato da muscoli e linee perfette; i suoi glutei sono… santo cielo, qualcosa di indefinibilmente perfetto e oltraggioso. L'armonia dei suoi movimenti, la possenza dei suoi passi mentre spostano l'acqua...

Dio mio, mi sento ardere dove credevo di non essere viva e lo vedo avanzare verso l'oscurità soltanto da dietro.

Maledetta acqua, lo hai coperto fino al collo. Impreco imbronciata tra me e me, desiderando che riemerga per venirmi a prendere e marchiare ogni centimetro del tessuto setoso che riveste il mio corpo ormai in ebollizione a causa di troppi fattori e che rischia l'implosione. Tento di respirare lentamente come mi hanno insegnato a quel noioso corso di recitazione che frequento da quando avevo sei anni, al quale i miei genitori mi hanno praticamente obbligata a iscrivermi. Quasi quasi, in questo frangente potrei ammettere che li ringrazio.

«Vieni, non sentirai più nulla quaggiù, l'acqua è fresca e bellissima!», mi intima a entrare mentre riemerge con il capo dalla massa lacustre che lo rende irragionevolmente l'uomo più bello che abbia mai visto. Nel suo sguardo magnetico risiede il possesso, la fame, il desiderio, l'illusione, il supplizio. Le mie mani anticipano il mio cervello che lotta come un pazzo con quel poco di razionalità che mi è rimasta.

Non puoi farlo, Faith.

Lotta.

Non lasciarti andare.

Grida il mio subconscio.

Spogliati e raggiungilo! Grida la parte folle di me che ormai ha preso il sopravvento. Ah merda! Così brandello di stoffa dopo brandello, rimango con l'intimo addosso e mi lascio avvolgere da colei che allevia il bruciore di un fuoco, ma che non può nulla contro l'altro. Giurerei di poter vedere da quaggiù le iridi di Shell dilatarsi, ardere come l'inferno e colare lava su di me che a stento riesco a sostenere il suo sguardo e il turbinio di emozioni che mi ha lanciato addosso. Immergo la testa per respirare. Già! Un controsenso, ma buttare la faccia sott'acqua per qualche secondo mi libera dal sortilegio delle sue iridi smaniose, ammaliatrici e impertinenti. Ma la distanza risulta essere troppo breve; difatti con poche bracciate mi increspo come un'onda fino a raggiungerlo, cazzo! Appena avverto l'impatto scivolo indietro di mezzo metro, ma sento le mani di Jude afferrarmi dai glutei per issarmi sopra il suo bacino. *Santo cielo.* Non ero preparata a tutto questo prima di salire su quel maledetto o benedetto aereo, e non lo sono neanche adesso. Eppure sento un'incoerente furia di eccitazione scatenarsi dentro di me, fare a botte con i miei pensieri, vincere sulla razionalità e lasciare che una smania devastante mi avvolga e mi trascini a un millimetro dalla sua bocca.

***

Jude

È il momento, sto per prendermi quest'innocenza che mi manda su di giri; la sento incredibilmente vicina, pronta, accesa. *Mia.*

«Ehi ragazzi, state bene?» Una maledetta voce maschile si frappone fra la mia bocca e quella di Faith, inondando e distruggendo la bolla che si era creata. *Che cazzo!* Proprio adesso. Mi volto infuriato e trovo una decina di persone con le facce perplesse in attesa che io risponda qualcosa di plausibile. Faith sembra terrorizzata dai cellulari che puntano su di noi e non emette alcun suono se non quello dei fitti respiri.

«Ci stiamo lavando le ferite causate dai rami, ci siamo fatti male, ma nulla di grave, dateci un istante», replico falsamente pacato. Nolan deve essersi preoccupato, è passato del tempo, troppo poco per me, troppo per farlo scattare in allarme.

«Vi aspettiamo qui, ho con me il Kit del soccorso», emette convinto di farci un favore.

Come biasimarlo, avrei fatto lo stesso per lui.

«Andiamo, Faith», le tendo la mano notando la sua chiusa a riccio e temo che quanto accaduto metta delle distanze insormontabili tra noi. Lei mi asseconda, si fida di me, e passo dopo passo raggiungiamo la riva dove quel pezzo di merda ha il coraggio di prendermi per il culo senza comprendere che questo atteggiamento decreterà la sua fine.

«Oh, Angioletto nero, come ti sei ridotto. Non credevo che pur di scoparti una smorfiosetta del cazzo, fingessi addirittura di cadere dalla moto», sogghigna davanti alle facce esterrefatte dei presenti perché lui al primo ostacolo non ha fatto altro che tornare indietro. Sue perde le staffe e gli pianta un ceffone in faccia.

«Tu sei soltanto un perdente, un avanzo di galera. Sciacquati la bocca prima di parlare di Faith. Una come lei può avere chi vuole, e Jude altrettanto. Tu sei un vigliacco, al primo ostacolo sei tornato indietro e hai perso la gara, loro sono arrivati sin qui dimostrando ampiamente un enorme spirito competitivo. Hai messo su questa pagliacciata per fare cosa? Per sperare che cadesse giù da un dirupo? Beh ti è andata male!», gli ringhia in faccia inferocita e per fortuna Nolan riesce ad afferrarla per la vita e porre le giuste distanze perché lui è un provocatore nato, che vive di truffe, ricatti ed espedienti.

«Ora calmati Sue», tenta di tranquillizzarla il mio amico.

Per un attimo la mia attenzione si concentra su di loro e perdo il contatto con Faith che rimane immobile. Completamente apatica. Che cavolo le prende?

«Credi che io abbia paura di te, puttanella snob del cazzo? Ringrazia Dio che non sei sola, perché altrimenti quella lingua biforcuta sarebbe avvolta intorno al mio cazzo!», spergiura come una laida bestia.

«Fottiti, figlio di puttana! Solo con la forza puoi avere qualcuna, non certo per altre qualità».

«Ora basta, vieni via, lascialo stare, sai che lo fa apposta», rinforza Nolan.

«Ehi, certo che la tua amica mena!», butto là una battuta che sembra non cogliere. Sue si avvicina a lei dopo aver recuperato i suoi abiti da terra.

«Vieni, ti medico e poi torniamo a casa. Mi dispiace».

Dice, costernata e colpevole di una colpa non sua.

Deve sentirsi fin troppo responsabile nei suoi confronti, pur avendo la stessa età.

«Cosa dici Sue!? Sto bene e ho scelto io di farlo…», finalmente Faith riemerge dallo stato di trance di cui sembrava essere prigioniera, il che mi fa stare più tranquillo. Da bravo testa di cazzo quale sono, mi rivesto, raggiungo Wear, gli pianto un pugno in faccia, salgo in moto e me ne vado via senza salutare nessuno.

«Questa sera non è stato nulla in confronto a quello che ti aspetta alla gara ufficiale, se mai parteciperai», sputo a terra prima di superarlo e poi mi affianco per un istante a Margaret.

«In quanto a te… mi fai pena. Sei caduta troppo in basso. Io e te abbiamo chiuso!», do gas e sparisco dietro a una nuvola di fumo che lascia tutti interdetti. Troppo spesso veniamo delusi e sorpresi da chi crediamo fedeli come fratelli, da chi ha condiviso parte della vita insieme, da chi ci vuole bene, e mai avrebbe pensato a un simile voltagabbana. Ma dopo la perdita di mia madre nulla mi scuote più di tanto, nulla mi fa più male.

11. Scoperte interessanti

Faith

Sono trascorsi dieci giorni, di Jude nessuna traccia. Come se fosse stato risucchiato da quella nube di fumo nero con cui se n'è andato dopo la bastardata subita quella sera. Da lì il mio tempo si è fermato, non ho smesso di pensare a lui un solo istante. Il suo sorriso truce e sensuale mi sveglia troppo spesso nel cuore della notte, sento il suo sguardo bruciare sulla mia pelle continuamente, ma lui non c'è. Mi manca il coraggio, sono troppo vigliacca e questo mi blocca nel chiedere alla mia amica che fine abbia fatto. Ho rivissuto con la memoria tutti gli istanti trascorsi insieme e mi sono domandata mille volte in cosa abbia sbagliato per farlo sparire in questo modo. La verità è che mi sono lasciata andare con il primo stronzo che è stato in grado di farmi provare qualcosa, mi ha fatto credere …

Ah, basta! Sono patetica. Mi sono fatta un film sulla base del nulla. Grazie alle mille imprese intraprese con Sue, da del semplice shopping, ai più svariati pic-nic realizzati in tutte le sue tenute in compagnia dei ragazzi, il tempo è trascorso in allegria, anche se dentro avvertivo sempre una sensazione pari a un buco profondo piantato nello stomaco. La verità è che quell'angelo nero mi manca.

Oggi abbiamo deciso di visitare il college della città, che sembra essere molto apprezzato dagli studenti di molti stati limitrofi. Ma il mio cervello non ha pace, cerca il modo di scoprire come potrei incontrarlo e sa molto bene che Sue di sicuro è al corrente di dove si trovi Jude, anche se ho la sensazione che lei mi stia tenendo lontana da lui dopo quanto accaduto. Percepisco in lei questa forte tensione da quella sera, e conoscerla tanto bene mi trattiene dal chiederle ogni tipo di informazione, perché se c'è una ragazza spericolata e spregiudicata al mondo quella è lei. Qualcosa durante quella notte deve averla spaventata molto. Come biasimarla? Però da ieri sera è di buon umore, sostiene che il suo futuro da studentessa sarà proprio alla Falls Hall University. Non so se i suoi familiari appoggeranno la sua scelta. Io credo invece che la natura del suo entusiasmo derivi dal fatto che Nolan studia proprio lì e che lei voglia stargli accanto il più possibile. Arrivate davanti ai cancelli, troviamo Nolan che affigge un grande cartellone con un'immagine che mi paralizza all'istante: Jude con la divisa indosso, lo stetoscopio intorno al collo, le braccia incrociate, la mascherina chirurgica che gli cala leggermente dalla bocca al mento e un invito a partecipare alla festa di chirurgia di dopodomani sera.

Festa dell'ultimo anno. Jude frequenta l'ultimo anno… mio Dio. È ancora più bello di quando è in sella alla sua moto.

Avvampo dalla punta dei piedi a quella più lunga dei capelli. Nel frattempo esce un uomo affascinante, compito, tutto ingessato dalla porta principale, che si ferma a conversare con Nolan e gli dà una pacca sulla spalla, poi se ne va. Un uomo sulla cinquantina, affascinante è dire poco; osservo meglio, è proprio figo e tutto d'un pezzo.

Uno stuolo di ragazze ammutolisce nell'istante in cui si congeda da Nolan e poi riprendono a parlottare a bassa voce.

«Ehi ragazze! Benvenute. Vi accompagno a fare il giro della facoltà», Nolan abbraccia Sue, le sposta i capelli sul lato destro della spalla e le deposita un bacio vicino all'orecchio. Li seguo, sbronza di quell'immagine, gelosa del richiamo che di sicuro ha sulle ragazze. A noi si aggiungono Wilma e Nathan, conosciuti ieri sera durante la serata cinema anni ottanta. Per mia fortuna Wilma chiacchiera a manetta, da lei puoi sapere tutto anche senza chiedere.

«Che bel poster ha appena appeso Nolan, non trovi?», irrompe nei miei pensieri come un bobcat che sfascia una striscia di catrame.

«E-eh s-sì, molto», biascico imbarazzata, ma poi penso che lei sicuramente saprà dirmi qualsiasi cosa ho bisogno di sapere.

«Caffè?», propone suo fratello Nathan.

Wilma mi lancia un'occhiata per capire se ne voglio.

«Per me no, grazie».

«Nemmeno io, ti aspettiamo all'ingresso del giardino», precisa Wilma, che subito mi trascina davanti alla fontana dove stanno allestendo un incantevole stand adornato di bouganville bianche e luci calde.

«Verrai alla festa vero?»

«Non ne sapevo nulla, non so se Sue…»

«Sue verrà e lo farai anche tu. Hai visto che bella foto di suo figlio ha fatto mettere il rettore Shell? Non hai idea di quanto sia orgoglioso del suo ragazzo. Pensa che venerdì sera erano a cena insieme al Talamon».

Cosa?

Non è possibile. Black Angel, il ragazzo che corre in sella alla moto modificata, quello che partecipa e vince alle gare clandestine è il figlio del rettore Shell?

«O-oh, davvero sorprendente, davvero sorprendente», vorrei ripeterlo all'infinito, ma mi limito a dirlo due volte ad alta voce anche se nella mia testa ormai regna la confusione. Chi dei due è davvero Jude Shell?

«Un gran pezzo da novanta, pare che nessuna di noi vada bene per lui. È strano, non da confidenza ma pare che sia molto bravo sul tavolo operatorio, infatti il prossimo anno andrà a finire la specialistica all'UCLA di Los Angeles, dove sembra che suo zio sia il presidente».

Porca puttana.

«Cavolo», riesco a dire davanti a quella dichiarazione che ufficialmente apre su di lui una nuova pagina di un volto a me sconosciuto.

«Dopo la morte della madre, Jude non è più il ragazzo solare che è sempre stato. Una vera e propria tragedia che lasciò la cittadina attonita. Loro due avevano un rapporto speciale che non ha mai avuto con suo padre. La mancanza lo sta facendo divorare da un buco nero fatto di insicurezze e nostalgia. Cosa che invece sparisce quando si trova a operare», emette, sinceramente preoccupata.

«Mi dispiace, non lo sapevo», mi limito a dire quando dentro di me provo un dolore per lui quasi esagerato, ingiustificato.

Quindi, in alcuni momenti con me c'era un altro Jude che si alternava a quello stronzo. Non è follia, ma il tutto ora è sostenuto da una solida spiegazione.

«Come potresti, cara? Sei qui da meno di quindici giorni. Piuttosto, una come te che ci fa da queste parti?», domanda schietta.

«Sono cresciuta con Sue, è la mia migliore amica, anzi una sorella. Avevamo bisogno di un'estate diversa, e questa cittadina faceva proprio al caso nostro».

«E ti stai divertendo o ti sei pentita? Il vostro stile di vita è ben lontano da tutto questo».

«Se fosse per me, starei sempre nella semplicità», esalo un sospiro come se un macigno pesasse sulle mie spalle.
«Credo che anche la vita da ricchi sfondati abbia le sue difficoltà», suppone Wilma consapevole del fatto che nessuna vita è perfetta.
«Credi bene, ma ora parlami di questa festa. Cosa si indossa? Come funziona?»
«Non dirmi che mi inviterai a fare shopping con te!», avvicina i palmi come in una preghiera e attende impaziente la mia risposta.
«Farò molto di più di invitarti a fare shopping... se mi dai le dritte giuste, sarai mia ospite», le scocco un sorriso e lei impazzisce.
«Oh, mio Dio, Faith! Non ci posso credere».
«Beh, credici!»
«Total white, sarà tutto completamente bianco».
«Allora vada per il bianco, a che ora ci vediamo?»
«Subito dopo pranzo, non aspettarti i negozi che frequenti solitamente tu, ma direi che dove andremo, ha stile e non è alla portata di tutti», precisa.
«Andrà benissimo, però ti chiedo riservatezza».
«Solo una foto prima di entrare?»
«Aggiudicato!»
«Ohhh, ti adoro!»
Sorrido del suo entusiasmo e penso al poco tempo che mi divide dal rivederlo.

***

Jude

L'anno si è concluso con il massimo dei voti e mio padre ne è rimasto sorpreso come sempre. *Lui non ha mai creduto in me.* Non mi hai conosciuto per quello che ero, per quello che sono diventato e ogni volta è una sorpresa. Dopo quella sera mi sono tenuto lontano da Faith perché quella ragazza scatena in me sensazioni troppo potenti e non potevo permettermi distrazioni, dovevo concentrarmi sullo studio. Stanotte riprenderò gli allenamenti di gara o perderò sul serio. Quella merda di Wear l'ha combinata grossa e il suo modus operandi non mi lascia per nulla tranquillo, anzi, sono guardingo. Ieri sera ho affrontato Margaret e l'ho messa alla porta, rimangiandomi tutto quello che le avevo detto riguardo alle mie intenzioni con Fait. Quello che ha fatto è stato del tutto imperdonabile. Spesso però i miei pensieri tornano su di lei, sulle linee perfette e imperfette del suo corpo, delle sue labbra. Il ricordo del suo sapore mi manda il sangue in ebollizione. Mi sono masturbato pensando di scoparla sulla spiaggia di quel lago, nell'acqua, persino. Ma quando torno razionale so che è meglio tenerla lontano dai guai, o meglio, lontano da me. Dopodomani ci sarà la festa di fine anno e poi una volta terminate le restanti due gare me ne volerò a Los Angeles da mio zio per una nuova avventura, quella del trapianto d'organi. L'UCLA è uno dei centri all'avanguardia e sono certo che imparerò quanto serve per essere un buon chirurgo.

Mamma sarai fiera di me.

12. Festa dell'ultimo anno

Faith

«Perché non mi hai detto niente riguardo alla festa di domani sera? Te ne sei scordata o è forse il pensiero di Nolan a tenerti occupata la mente tutto il giorno? A questo proposito, non credi sia arrivato il momento di mostrare le palle e fare chiarezza con i tuoi sentimenti e magari dichiararti?», le sparo in faccia il mio punto di vista che è del tutto senza filtri.

«Ehi, ma che ti prende? Ti sei sbronzata con la Red Bull stamattina?», replica esterrefatta.

«Non divagare amica mia! Qui i ruoli si stanno ribaltando, non mi stai dicendo la verità anche se è palese. Di che cosa hai paura?», le soffio con dolcezza prima di avvolgerla in un abbraccio che dapprima la percepisce rigida e poi la sente sciogliersi.

«Di me», esala smarrita.

«Cosa dici?»

«Per la prima volta nella mia vita, quando sono con Nolan, mi sento solo una ragazza pazza di quel ragazzo, e non Sue Merryott».

«Ti capisco perfettamente, purtroppo è capitato anche a me in quei pochi istanti in cui sono stata accanto al dottor Jekyll e Mr Hyde», la mia mente mi riporta a lui.

«Chi ci dice che poi non si rivelino tossici al punto di ucciderci?»

«Pagherei oro per essere uccisa dal suo veleno, vorrebbe dire aver conosciuto finalmente l'amore, la ragione per cui vivere, per cui morire, provare emozioni intense, vere, è quello che ho sempre desiderato e che mi è sempre mancato. Pensavo di poterlo fare con lui…», sospiro.

«Oh, Faith scusami, hai ragione. Sono una deficiente totale».

«Non lo sei, hai solo avuto paura. Nolan è uno apposto, è pulito e se non farai tu la prima mossa, lui non si sentirà mai all'altezza».

«Dici sul serio?» Annuisco e mi rattristo consapevole del fatto che tra me e Jude non è e non sarà mai la stessa cosa. A dire il vero non esiste nemmeno "un me e Jude".

«Gli brillano gli occhi quando ti vede, non lasciarlo andare via. Domani sera sarà la vostra occasione e se vorrai potrai unirti a me e Wilma per uno shopping pre-ballo!»

«Oh Wilma! Dovevo immaginarlo, moriva dalla voglia di essere in mezzo a noi, hai fatto bene a invitarla. Ti prometto che domani cercherò di mettere da parte tutte le reticenze e aprirò il mio cuore a Nolan».

«Sono orgogliosa di te».

«E tu? Come farai con Jude?»

«Non lo so, verrò alla festa senza aspettarmi nulla, mi basterà vederlo per…»

«Essere felice?», finisce la frase al posto mio.

Annuisco.

«Lui è molto complicato e la gente che sfida potrebbe farti molto male Faith, guarda che cosa è accaduto l'ultima volta.

Wear è una merda senza scrupoli. Se ti succedesse qualcosa di grave, i-io non me lo perdonerei mai», rivela con la voce rotta.

Lo avevo capito che qualcosa in lei era cambiato, avevo sospettato che fosse per paura, per protezione nei miei confronti e lo capisco, ma io ho bisogno di lui, di vederlo, di sentirmi senza la terra sotto ai piedi, di respirare affannata, di sentire quella fame delle sue labbra che si smorza nel momento in cui le deposita sulle mie.

«Non sei tu ad essere responsabile per me, almeno con te posso essere padrona delle mie azioni, non diventare mia madre ti prego. Torna la mia pazza amica di sempre, per favore», la imploro.

«Hai ragione, ma tu promettimi che starai attenta».

«Promesso!»

***

Wilma ci attende davanti al "Cutman bar", luogo di ritrovo dei ragazzi del college che è davvero un bel locale ampio, con un grande parcheggio illuminato tutto il giorno. I tronchi delle palme sono pieni di mini lucciole dorate e le foglie di lucciole verdi fluo. Io e Sue siamo a bordo della macchina di suo padre che abbiamo deciso di decappottare visto il sole.

«Ciao, Wil, sali!», la incoraggia Sue e lei non se lo fa ripetere due volte da quanto è eccitata. Non sta nella pelle.

«Ciao ragazze, che bello, come state?»

«Tutto bene», rispondiamo all'unisono.

«Shopping time!», grida con il braccio alzato Sue che posiziona il cambio sulla D di Drive e parte sgommando.

Giunte davanti al Bridal center Wilma sembra essere emozionata come una bambina.

«A terra ragazze!», esorta Sue appena spegne il motore.

«Che ti prende Wilma? Non ti senti bene?»

«No, sto benissimo, è che credevo di non poterci mai entrare in una boutique del genere e non so come ringraziarvi», dice sincera.

«Oh, Wil, scendi e goditi lo shopping più selvaggio della tua vita!».

Una volta giunte all'interno dell'atelier Sue si occupa di affidare Wilma alle attenzioni e alla professionalità della commessa e ognuna di noi si affida alla propria, anche se ho le idee ben chiare sull'outfit che voglio indossare.

«Benvenuta signorina Rockefeller, è un onore per noi averla qui. Io sono Aloise e può contare su di me».

«Grazie, Aloise, può chiamarmi semplicemente Faith, e per domani sera vorrei indossare un abito bianco che non mi facesse sembrare una sposa ma una donna sensuale e allo stesso tempo elegante ma giovane».

«Ho capito perfettamente, venga Faith, mi segua, ho proprio quello che fa al caso suo», mi fa strada per un lungo corridoio piastrellato di marmo con venature color carne e bianco latte che termina sotto delle immense ante con su scritto Maison Chanel. Ho sempre storto il naso quando mamma mi obbligava a indossare i suoi abiti a bomboniera di questo marchio ma voglio pensare che Aloise abbia in serbo qualcosa di bello per me là dentro. Non appena appone il dito indice sul vetro le ante si aprono in un vero e proprio incanto fatto di trame e orditi bianchi perlati, luminescenti, tanto da lasciarmi senza fiato.

«Che ne pensa? Vuole indossarlo?», domanda certa della risposta.

Aloise ha fatto centro. A colpirmi è un abito a sirena fatto di corde che sembrano ricoperte di zucchero. Aloise me lo porge appena coglie il mio interesse e mi aiuta a indossarlo. Stento a riconoscermi allo specchio.

«È una meraviglia signorina Faith», si lascia scappare un commento che mi appare sincero.

L'intreccio armonico e sensuale creato dai fili di rete che sembrano essere pregni di zucchero, avvolge il mio corpo in una sorta di vedo non vedo, stringendo dove serve e abbracciando le rotondità, lasciando esposta la pelle nivea di ventre e schiena. I capezzoli sono celati da un insieme di perle marine e la gonna sembra la coda perlescente di una sirena. Ai piedi, calzo un sandalo di Jimmy Choo in tinta con un enorme fiocco di tulle rigido posizionato dietro alla caviglia. In testa un diadema composto da perle giapponesi, diamanti e conchiglie. Non mi sono mai vista così in nessuna delle più svariate occasioni importanti che abbiamo avuto con personaggi illustri del nostro mondo dorato. Mia madre non mi hai mai permesso di indossare abiti del genere ma oggi scelgo io, e scelgo questo. Aloise si preoccuperà di venirmi a preparare a casa insieme all'hair stylist e il make-up artist di Chanel. Per una volta nella vita mi sento bellissima e desidero che Jude mi veda così, che mi inviti a ballare e che abbia occhi solo per me.

Forse sto sognando un po' troppo. Probabilmente non accadrà mai, ma io ci spero e spero che domani notte lui scelga me.

***

«Vedere, vedere!», Sue tenta di sbirciare dentro alla scatola di Wil prima che la commessa la confezioni. «E se invece decidessimo di farla restare una sorpresa fino a domani?», replico gelosa, come dovessi proteggere la mia scelta.

«Potrebbe essere bello, lo sai? Mi piace, ci sto!», ammette Sue su di giri.

«Ragazze! Permettetemi di offrirvi almeno un frappé, mi avete regalato il giorno più bello della mia vita e non saprei come altro contraccambiare», propone Wilma.

«Per noi è stato un piacere, un frappé andrà benissimo, e non perché devi contraccambiare ma per semplice amicizia».

«Grazie! Saremo tre principesse», dice ancora con l'aria trasognata.

***

Jude

Non ho nessuna voglia di partecipare a questa festa ma sono "il padrino" dell'evento e non posso mancare. Io che vesto di bianco. Mi pare blasfemia. Di bianco nella mia vita non c'è nulla, soltanto i ricordi di una vita felice accanto all'unica donna che abbia mai amato. Lo faccio per lei, per l'amore che provava nei confronti di papà, per il desiderio che aveva di vedermi laureato, per la soddisfazione che avrei voluto leggere nei suoi occhi.

Papà mi attende fuori dai cancelli, non ho accettato di arrivare con lui ma in sella alla mia moto. Però lo accontento, entrerò con lui che attende da una vita questa serata.

Il suo trionfo.

Il mio debutto. «Sei pronto figliolo?», domanda emozionato.

Con le pupille dilatate e con il cuore che scalpita nel petto. Potrei giurare di sentirlo da qui.

«Mi manca», esalo.

«Anche a me, ogni giorno. Rendiamola ancora più orgogliosa, andiamo a festeggiare per lei», mi esorta con la voce rotta dall'emozione, e per una volta sono d'accordo con lui.

Questa serata è per te mamma. Da quando te ne sei andata non mi sono mai fermato, non mi sono più regalato una gioia, non ho più provato emozioni. Come se me ne fossi privato per non mancarle di rispetto, per non ferirla. Poi subito la mia attenzione viene catturata da colei che già più di una volta mi ha lasciato senza fiato. Non può essere lei; cerco di osservare meglio il risultato di bellezza, sensualità, concentrati in un abito da urlo.

«Vieni figliolo, ti presento il dottor Beckham, responsabile del trapianto», dice mentre stringe la mano a una persona distinta quanto seria sulla cinquantina.

La perdo miseramente di vista.

Resto da solo a fare i conti con qualcosa che è lievitato dentro ai boxer.

«Ebbene, questo è il famoso nipote del dottor Shell?», domanda curioso.

«Sono io, piacere Jude!», santo subito quest'uomo che ha bloccato il calore accumulato la sotto, perché ero in procinto di impazzire.

«Piacere Erald, io e lei faremo grandi cose insieme, l'attendo a Los Angeles», promette impaziente.

«Non vedo l'ora. Grazie per l'opportunità»

«Ringrazi suo zio, a me solo dopo che avrà passato gli esami», dice asciutto. Qualche minuto dopo alcuni uomini, medici suppongo, raggiungono lui e mio padre così che io possa gettare le mie iridi alla ricerca disperata di colei che ho tentato per tutto questo tempo di tenere lontana, ma che mi sta mandando in pappa il cervello. Continuo a cercare in ogni angolo ma non la trovo.

Dove si sarà cacciata?!

Maledetta ragazzina!

13. Sensazioni, promesse e buoni propositi

Faith

Una moltitudine di luci precede l'ingresso della Falls Hall University.

Mi batte forte il cuore, ho le gambe molli e tanta voglia di fuggire via.

Mi manca il coraggio. Forse dovrei mollare tutto, ma nell'istante in cui provo a fare dietrofront, arriva lo sguardo fulmineo di Sue a rimettermi sulla retta via.

«È solo una festa», sibila tentando di non farsi sentire dai ragazzi che ci sfilano accanto.

«Sì ma sappiamo benissimo chi è che stiamo andando a festeggiare, perciò posso essere agitata?», replico a denti stretti.

«Sei senza ombra di dubbio la ragazza più bella di questo pianeta, e dentro questo abito, Dio… lo lascerai senza fiato!»

«Dai smettila Sue, cosa stai dicendo?»

«La verità, e lo sai anche tu! Finiscila con questa maledetta insicurezza. Vuoi Jude? Ora è il momento di andare a prendertelo!», decreta asciutta.

Quello che dice è vero anche se…

«Andiamo a prenderceli entrambi!», affermo dritta come un fuso e con il petto all'infuori.

Sue sorride senza dire nulla, e questo gesto mi sa tanto di un "chi tace acconsente".

«Ragazze!», la voce squillante di Wilma risuona nella notte come un fischietto che soffia un fuorigioco. Ci voltiamo nella sua direzione in attesa di vederla dentro al suo nuovo abito, che per altro la rende veramente carina. Una nuvoletta di tulle e piume.

«Wil, sei bellissima! Ci vuole una foto», l'anticipo.

«Siamo tutte meravigliose!», replica entusiasta e con l'iPhone già piazzato davanti ai nostri volti, pronto per scattare un selfie.

Lascio che scatti le foto che vuole ma poi le rammento di non taggarmi con questo abito addosso.

«Tranquilla, non ti preoccupare, restano sul mio profilo», mi rassicura.

Wilma è un disco rotto, non fa che parlare dell'atelier, del servizio a domicilio e tutto il resto, non ne posso più. Sto diventando insofferente, ho bisogno di aria, di silenzio e di trovare al più presto Jude e poterlo accarezzare ancora una volta; così lancio un'occhiata a Sue che coglie al volo e trascina Wilma davanti alla fontana del bacio, dove sono in fila un sacco di ragazze, tutte in attesa di essere baciate dall'angelo bianco che so per certo non essere Jude.

«Grazie!», pronuncio afona, ma con un labiale verso Sue che sorride, incrocia le dita e mi soffia un bacio d'incoraggiamento. Ora sono sola a vagare sotto una distesa di luci che pare fatata, una tenda luminescente che avvolge i tronchi di palme e i rami di bouganville bianche.

Mi avvicino all'angolo bar e ordino un cocktail analcolico al barista.

«Cristo santo Miami! Sei proprio tu!», la voce di Nolan mi fa sobbalzare.

«Nolan, ciao. Certo che sono io!», sento il calore della vergogna tingermi le guance. Non ho mai gradito gli apprezzamenti, anche se sono consapevole che i suoi sono sinceri.

«Sei uno schianto!», ammette con lo sguardo impegnato altrove.

Attendo in silenzio che mi domandi di lei che stenterà a riconoscere perché Sue è un tripudio di luce e cristalli, il suo abito le si addice, sembra brillare come una stella e sarà difficile per lui non notarla.

«Sei qui da sola?»

Eccoti qui! Trattengo un sorriso e cerco di mantenermi seria, perché anch'io vorrei porgergli la medesima domanda e come al solito non ne ho il coraggio.

«Sue è vicino alla fontana del bacio in compagnia di Wilma, che a dire il vero, è del tutto incontenibile stasera e io avendo un leggero cerchio alla testa, ho optato a malincuore di separarmi da loro».

«Come dici? Alla fontana del bacio? Sue e Wil da sole? Le raggiungo, ci vediamo dopo. Mi dispiace per la tua emicrania», si dilegua in men che non si dica. Il povero Nolan è piombato in un sacco colmo di gelosia con tutte le scarpe e non ha resistito nemmeno un istante. Appena vedrà Sue con le labbra tinte di rosso, in quell'abito audace, gli verrà un colpo secco, mi dispiace soltanto perdermi la scena. Spero piuttosto che stasera riescano a trovarsi, come mi auguro accada anche per Wilma di incontrare un ragazzo, ha bisogno di qualcuno che le occupi un po' la mente.

***

Jude

Ed eccola, sensuale come una dea, bella come mia madre, elegante e raffinata che sta consumando un cocktail tutta sola al bar.

Avverto un colpo al cuore.

Ho il cazzo che freme nelle mutande e il cuore che fa un rumore assordante là dentro. Proprio in quella scatola che credevo essere ormai chiusa per sempre. Per la prima volta non so come comportarmi. Ringrazio Dio che non sia in coda per un bacio alla fontana dove sono tutte. Avrei dato di matto. Devo mostrarmi a lei, assicurarmi che mi aspetti fin dopo il discorso d'apertura, e poi la porterò via.

«Una menta piperita per favore», ordino la prima cosa che mi viene in mente e mi avvicino a lei con la scusa di bere.

Come dovessi conoscerla e abbordarla per la prima volta.

«Buonasera», soffio a un centimetro dal suo orecchio, e lo faccio in un modo che la ricopre di brividi.

Ma poi si irrigidisce all'istante appena riconosce la mia voce, non sembra affatto felice di vedermi, anche se il suo petto si contrae attraverso dei respiri che sembrano accavallarsi l'uno sull'altro senza tregua. È tesa, confusa.

Del resto sono sparito, l'ho tenuta lontana di proposito e ora la rivoglio. Mi odierà. Ma ciò non mi impedisce di sfiorarle la guancia con la punta del naso, di respirare sulla pelle gonfia delle sue labbra cariche di gloss al sapore di ciliegia che mi stanno facendo perdere la ragione.

«Buonasera e congratulazioni, Shell», rompe il silenzio con la voce rotta e un po' stizzita.

«Non è una festa in mio onore, hanno solo usato la mia immagine», tento di sminuire la cosa.

«Non fare il modesto. Il rettore sarà orgoglioso di avere un figlio modello», dice sarcastica alludendo palesemente alle corse clandestine.

«Non è tutto oro quello che luccica principessa. Tregua?», propongo con un stampandole un sorriso che spero la sciolga come cioccolato fuso.

«Non ho mai fatto una guerra nei tuoi confronti», tenta di alzare un muro e respingermi, ma io non mollo.

«Permettimi di conoscerti meglio», la imploro. Cosa che non ho mai fatto con nessuna.

«Sono sempre stata qui nelle mie vesti, sei tu che sei sparito», sottolinea la sua indignazione per averle tenuto nascosto chi sono realmente.

Ero forse obbligato? Del resto cosa so di lei?

«Avevo gli ultimi esami da fare e non ho avuto la testa per altro, per favore», cerco in tutti i modi di farmi perdonare ma lei è incazzata, delusa. «A me è sembrato tutt'altro ma va bene così, tra poco più di due mesi me ne andrò, non servono spiegazioni, va bene così Black Angel. Oh, no scusa, stasera mi sembri piuttosto bianco, carico di buone intenzioni. White Angel. Magari domani mattina torni a essere lo stronzo che sei e non ti ricordi nemmeno di questa conversazione», spara a zero.

«E va bene me lo sono meritato, sono stato stronzo, ma ho avuto paura per te, ho temuto di rovinare una brava ragazza, di non poterla tenere al sicuro da quell'animale di Wear», mezza verità è meglio di nessuna verità.

«Non sei mio padre», brontola un po' più addolcita.

«Scusami», cavalco l'onda.

«Vorrei non farlo», esala arresa.

«Sei bellissima».

«Fino a quando? Mezzanotte? Poi ti trasformerai in qualcosa di mostruoso e sparirai in un'altra delle tue nubi di fumo?»

Merda! «Non succederà, non fino alla mia partenza che coinciderà con la tua, promesso!», mi scappa dalla bocca una promessa più grande di me e sincera come i suoi occhi che mi appaiono carichi di speranza, che spero, almeno stavolta, di non deludere.

Irretito dall'aroma che emana la sua pelle, dall'effluvio dei suoi respiri, sollevo con due dita il suo mento, catturo le sue iridi tempestose e la bacio a stampo, poi scappo sul palco dove mi attende papà per il discorso d'apertura.

«Concedimi mezz'ora di formalità e poi saremo solo io e te», congiungo i palmi.

***

Faith

Non resisto al calore del suo corpo, ai suoi respiri, alle sue parole. Non capisco più nulla, non so più nemmeno se sono ancora capace di intendere e di volere. Sento solo il rimbombare del mio cuore, il cui frastuono comanda sui miei sensi. Jude è capace di farmi questo. Accanto a lui mi sento una miccia inesplosa. Inebetita lo seguo muoversi fino al palco che domina pochi istanti dopo.

Sei bellissimo.

L'incarnato scuro che fa contrasto con il mare immenso dei suoi occhi, con il candore del suo abito. Con la capigliatura composta e corvina che ne incornicia il volto mascolino e arrapante. Luce e oscurità. *Sei questo Jude.* Tutto quello che mi manda fuori di testa. Tutto quello che desidero e che non riesco a contrastare. La debolezza perpetua che mi fa cadere nella sua rete, la stessa che mi sottrae la ragione. Ho gli ormoni che mi ribollono in gola, che mi offuscano la mente e soffro di una logorante gelosia nel vedere quasi tutte le ragazze presenti essere accecate dal suo fascino, pendere dalle sue labbra ed essere vogliose in modo esplicito di lui. *Non resisto*, non riesco ad arrivare alla fine. Devo allontanarmi o rischio di impazzire, di fare qualche gesto di cui potrei pentirmi. Ho gli occhi di troppa gente puntati addosso e non voglio che pensino che sono cotta di lui, o peggio, gelosa.

***

Jude

Sento la presenza di mia madre vorticarmi attorno come un vento caldo, la percepisco a fior di pelle e in fondo al cuore. So che è con me in ogni sillaba che pronuncio e ciò mi rende profondamente orgoglioso e felice. Posso leggere ancora commozione e orgoglio negli occhi lucidi di mio padre, e stasera, anche tanta nostalgia di lei. La ama ancora. Forse è vero quando sostiene che la amerà sempre. Sono giunto quasi alla fine di un intenso percorso dove a modo mio ho dato il massimo, e tutta questa gente ne è la prova concreta. Sono stato bravo. Una volta tanto mi prendo i meriti. Scendo dal palco, ringrazio e converso con molte persone, scorgo Nolan abbracciato a Sue in un modo che pare meno amichevole, più possessivo. Che sia arrivato il loro momento? Lo meriterebbe, sogna quella ragazza dall'asilo. Un momento, Faith non è con loro. Allargo il campo visivo il più possibile, setaccio tutto al millimetro, controllo l'ora e mi rendo conto che è passata più di un'ora e mezza.

Cazzo!

Mi avvicino ai ragazzi che mi ricoprono di complimenti e auguri per il futuro, poi alla fine chiedo di lei.

«Sue, sai dov'è andata Faith?»

«A dire il vero è un po' che non la vedo, ma lei ama poco le feste, probabilmente sarà andata a nascondersi nell'angolo più remoto di questo posto».

Penso al luogo più appartato dei giardini del college e me ne viene in mente solo uno, anche se credo sia difficile per una che non conosce affatto questa scuola trovarlo.

«Grazie Sue. A dopo, ragazzi!», mi congedo da loro e mi avvio verso la serra.

14. La serra

Faith

Mi incammino per un sentiero alberato, anch'esso adornato da piccole lucciole di luce calda. Il telefono squilla dando tregua al fuoco che arde dentro di me. È mia madre che senza sapere cosa io stia facendo e dove non sa stare.

«Vita mia, che fai? Ho visto che finalmente hai fatto shopping!», esulta invadente della mia privacy.

«Ciao mamma, sì, con Sue e una nostra nuova amica. Siamo state in un atelier locale che ha degli abiti carini e visto che c'era una festa in vista, abbiamo fatto shopping», mi limito a dare una risposta che è un mix tra verità e bugia.

Quelle che servono a sopravvivere.

«Che festa?», domanda indagatoria.

So che la sua sete di sapere non si fermerà finché non sarò stata esaustiva.

«Del college di Falls Hall», replico vaga.

«Ah, capirai… mi raccomando, non mescolarti troppo con quella gente però bambina mia, c'è di tutto lì!», dice sprezzante.

«Ma no figurati, io sono in santa pace, lontana dalla gente a godermi le meraviglie di un bellissimo giardino, e comunque sono tutti molto semplici e tranquilli, domani torneranno a casa dalle loro famiglie e non ci sarà più nessuno fino a metà settembre».

«Ah, benissimo. Brava tesoro, distanze e relax a tutto tondo, questo è quello di cui hai bisogno per iniziare al meglio il primo anno di college».

Che stronza!

Come ho fatto a farle gestire la mia vita per tutto questo tempo?

Taglio corto perché non sopporto neppure il tono della voce che assume quando si erge dall'alto della sua ignoranza ponendo un muro fra me, Jude, Wilma e tutti gli altri che hanno iniziato a far parte di quel mondo che lei tanto ritiene insulso e da evitare. Eppure quel damerino che tanto osannava, mi ha quasi violentato, ma va tutto bene perché lui è della mia stessa estrazione sociale. Se ci penso mi viene il vomito.

«Tra poco andrò a dormire, voi come state?»

«Sempre di corsa, lo sai, ma tutto bene, ci manchi tanto amore, ma ora va a riposare. Ci sentiamo domani, buonanotte tesoro mio», mi congeda certa del fatto che sono "al sicuro".

«Buonanotte mamma, saluta papà», chiudo la conversazione demoralizzata, ma poi l'immagine di Jude mi si piazza davanti polverizzando le parole classiste e ostili di mamma che fatico a riconoscere come tale. Lui non ha bisogno di avere la mia stessa estrazione sociale per farmi vibrare. Lui è tutto ciò che ogni donna vorrebbe. Avanzo di qualche passo, socchiudo gli occhi e il ricordo del timbro della sua voce torna a far vibrare il mio corpo come una corda di violino pizzicata dal suo maestro.

La mia mente è immersa nei pensieri, nel desiderio incessante di quel ragazzo che è quasi un uomo, un chirurgo, un corridore senza regole, uno scapestrato.

Un Dio.

Uno spettacolo della natura. Un ragazzo che soffre ancora per la perdita prematura della madre, una rondine che si è annidata sin dal primo sguardo nel mio cuore e che non sono capace di mandare via. Mi farà soffrire, ne sono consapevole come lo sono del fatto che non riesco a respirare se non gli sono accanto, se non so cosa pensa, se non sono io a essere ciò che vuole.

Che mi succede, maledizione?!

La verità è che lo so benissimo, ma ho il terrore di ammetterlo. Mi guardo intorno, non ho idea di dove mi trovi, di dove sia finita, ma poi dopo un po' scorgo le luci della festa in lontananza. Dove cavolo sono finita? Ah, parlare con mia madre mi ha fatto perdere il senno. Stare lontana da lei me la fa vedere in un altro modo, ovvero per quella che è davvero e non mi piace. Mi destabilizza. Nel momento in cui giro i tacchi per tornare indietro, noto che proprio davanti a me c'è una struttura in ferro battuto bianca la cui forma assomiglia a quella di un grande bocciolo di orchidea. Me ne innamoro all'istante.

L'armonia di quelle linee che si intrecciano mi incatenano davanti al piccolo ingresso. Litigo per un istante con me stessa e poi decido che devo entrare. Nel mio mondo non mi capita di vedere certe cose, semplici quanto belle e misteriose. Tanto vale proseguire e vedere cosa c'è all'interno. Accendo la torcia del telefono e oltrepasso l'arcata d'edera. Il profumo dolce che emana questo luogo mi entra dentro le narici, trasportandomi immediatamente in un sogno. Molte specie di fiori sono chiuse data l'assenza di luce, mentre altri sono aperti, variopinti e bellissimi. Mi piego in avanti e allungo il collo per annusare il loro polline e di colpo mi trovo tra le spire di un corpo scolpito, caldo, dal profumo inconfondibile.

Quello di Jude Shell.

Mi ha trovata.

Emetto un gridolino per la sorpresa.

«Zitta principessa, sono io», sibila sul mantello acconciato dei miei capelli.

Non riesco a muovermi, non voglio farlo, ma ho un disperato bisogno di vederlo, di toccarlo.

«Come mi hai trovata?», domando sorpresa.

«Sei mia Faith, ti sento ovunque vai», emette con la voce roca.

Le sue parole mi lasciano spiazzata.

Sono sua?

Darei tutto pur di esserlo.

Ma non lo sono.

«Cosa dici Jude? Mi baci, fai quasi l'amore con me per due volte e poi scappi, ti volatilizzi e ora ti presenti qui come se fossimo una coppia affiatata, mi cerchi, mi trovi, mi stringi, vuoi avermi e poi? Che faremo poi?», cerco di tirare fuori un po' di caparbia dignità che so di perdere nell'istante in cui deciderà di posare un solo polpastrello e farlo scivolare sulla mia pelle. Ma ci provo a nascondermi dietro di essa.

«Ti desidero Faith, ora, senza promesse per il futuro, posso darti soltanto me stesso adesso», ringhia di rabbia, posseduto da un impulso che sento far fatica a trattenere, nel momento in cui prende a trascinare le sue mani in una danza sensuale che lenta e straziante percorre le linee della mia pelle, incendiando ogni millimetro della mia anima, del mio corpo, della mia mente.

Tutto brucia.

Jude è il demone della lussuria, della passione, del desiderio, del cedimento.

Jude è combustibile allo stato puro, è follia.

Jude è perdizione.

Il mio angelo nero.

La mia fine.

Quello che provo è talmente grande che va nettamente oltre la mia comprensione ma a cui devo sottomettermi.

Riesco a sciogliermi dal suo nodo, mi volto in preda al desiderio, scioccata dalla mia stessa reazione, catturo la sua bocca finché avverto la lingua di Jude scivolare sul mio labbro inferiore, trattenerlo con i denti e lasciarlo andare lentamente per poi risalirvi e invadere tutto di nuovo con selvaggia passione. Ora sono io che lo assecondo, e senza dire una parola, senza obiettare il suo volere che pesa sul mio cuore, perché mai vorrei finisse. Lascio che accada tutto senza il pensiero di domani, consapevole del fatto che questa notte solo nostra, sarà la più bella della mia vita con cui dovrò iniziare a fare i conti domani, e che le cicatrici inflitte nella carne bruceranno a ogni sguardo e mi ricorderanno per sempre di lui. Che è il mio sogno e lo sarà sempre. Ma ora. Ora è impossibile resistergli.

Ha l'altezza e il corpo di un guerriero, gli occhi penetranti di un Dio.

Per un istante incornicia il mio volto e mi obbliga a guardare la tempesta che imperversa nei suoi occhi.

Mi sento annientata e felice, perché so che a scatenarla sono stata io.

«Vuoi uccidermi Shell?», sibilo sulle sue labbra turgide. «Potrei…», grugnisce mentre divora la mia bocca.

So che lo farà.

Un brivido percorre la mia schiena.

«Solo se me lo lascerai fare».

***

Jude

La trovo dove ero sicuro fosse finita. La sua innocenza e la sua pelle candida mi mandano al manicomio. La sua schiena esposta, il suo culo perfetto, le sue mani sottili, devo scoparla o impazzirò. Non resisto e la prendo tra le mie braccia indurite dai muscoli che non sanno essere gentili, vorrebbero ma non lo sono, la stringono, le fanno capire chi comanda e soprattutto che lei è mia, che non può muoversi, che sto per fotterla. Lei si ribella, respira affannata, mi vuole. La percepisco. Allora allento la presa e la obbligo a guardarmi, poi lascio che faccia ciò che vuole, sicuro che non fuggirà da me. Infatti mi bacia con una passione che mi inchioda a terra facendomi tremare le gambe come un perfetto imbecille.

Faith, mio Dio.

Detesto il potere che ha su di me, detesto desiderarla così tanto, detesto non riuscire a controllarmi. Allora metto le cose in chiaro ancora una volta: la scopo stanotte ma senza promettere niente per il futuro, e lei accetta.

15. Eden

Faith

Gli lascio fare quello che vuole, lo sto già facendo. E la risposta del mio corpo è chiara. Sognavo un po' di romanticismo fra noi, ma è palese che lui non sarà nulla di tutto questo. Qualsiasi cosa ci sia tra noi, sembra crescere ogni secondo, legandomi a lui in un modo che desidero e odio al tempo stesso. L'ho sfidato perché avevo bisogno di qualche piccola conferma che ho ottenuto, e perché sapevo di poterlo fare, anche se una parte di me desidera ardentemente sottomettersi a lui. Jude mi confonde, mi affascina e mi tiene ancorata a sé anche senza toccarmi.

Mi fissa negli occhi con l'espressione mortalmente seria, con un guizzo nelle iridi blu cobalto, dove mi trascina dentro. Il mio cuore torna a battere a perdifiato, incassato nel petto a otturarmi le orecchie. Le sue mani abili afferrano la cascata dei miei capelli acconciati, la avvolge attorno a una sua mano fino a mezzo braccio. Li tira a sé e mi domina come fossi il suo peccato da consumare. Forse lo sono. Con l'altra mano mi afferra il fianco e l'attimo dopo il calore del suo respiro mi accarezza la gola. Stringo gli occhi, cercando di domare l'indesiderata piacevole sensazione che sta per travolgermi.

L’istinto mi porterebbe a ribellarmi al suo contatto, al suo calore, invece devo controllarmi. Solo in questo millisecondo mi accorgo che lo detesto proprio per le reazioni che riesce a scatenare in me.

***

Jude

Provo una stretta allo stomaco, non saprei dire se a causa dell’ansia o per lo stordimento provocato dalle sue carezze, ma qualcosa è scattato in me. La mia reazione mi dice che in lei c’è qualcosa di speciale, di immenso, di pericoloso per uno come me. Disegno la sua pelle con l’indice, sospiro sensazioni dolorose, contrastanti; proiezioni di quello che sarà domani quando tornerò alla mia vita e Faith non ci sarà. Cerco di scacciarle, di concentrarmi solo su di lei che arde sotto al mio tocco.

È faticoso.

Mi scoppia il cervello che è in lotta con il cuore.

Basta!

Lei sospira, e quel suono decreta la mia fine. La carico come una sposa tra le braccia, la bacio sulla pelle esposta della scollatura, Faith merita qualcosa di meglio che essere scopata su un muretto di una serra, Faith merita la favola, anche se sono tutto fuorché un principe, ma cerco di regalargliela anche se per poco. «Vieni con me», sussurro, mentre le sue braccia avvolgono parte delle mie spalle e del mio collo con una dolcezza della quale non sono preparato, ma che mi piace e mi riempie il cuore.

«Dove andiamo?», domanda languida.

«Dove è iniziato tutto e dove vorrei che diventassi mia», replico sulla sua bocca che annaspa e cattura piccoli respiri prima di cedere all'emozione data dalle parole appena udite. Faith è consapevole, desiderosa, non dice una parola, ma la sento. Emozionata continua solo a restare aggrappata a me in modo così tenero che mi fa gonfiare il petto, molto più di quando opero un paziente sul tavolo e so di salvarlo. La deposito a terra e la osservo. Vorrei farmene una ragione.

Perché?

«C'è un piccolo problema: il tuo abito non ti permette di salire in sella, però posso chiedere in prestito l'auto a mio padre», rifletto ad alta voce e lei mi blocca all'istante.

«Il mio abito si sgancia proprio qui», indica maliziosa. Poi con due semplici mosse la vedo liberarsi dalla rete inamidata e rimane in piedi sulle lunghe gambe che intaccano quella che è una labile sanità mentale.

Cazzo!

Il desiderio di lei si fa ancora più incalzante.

Aggiriamo il muro di cinta cosicché nessuno possa vederci e la lascio in attesa, davanti alla radura giusto il tempo di recuperare il mio bolide.

***

Arrivati alle Falls, per nostra fortuna non c'è anima viva. Le mani hanno tremato per tutto il viaggio e le gambe, ora che sono piantate sull'erba, temo cedano. Faith mi coglie di sorpresa stringendomi il busto ancora più forte di quando era aggrappata a me durante il viaggio, prima di scendere e avvicina la sua bocca al mio orecchio destro.

«Promettimi che non lo dimenticheremo mai». Sento vibrare il mio petto e di getto le rispondo ciò che scaturiscono le sue parole.

«Te lo prometto», replico, sotto un cielo tempestato di stelle e con una guerra mondiale che impazza nel mio stomaco prima di toccarla.

Una volta in piedi rimaniamo l'uno davanti all'altra per una quantità di secondi che sembra infinita. Ogni cosa scompare, rimaniamo solo io e lei avvolti da un desiderio di fonderci che ci divora.

Le sue iridi si allargano e la sua mano destra cerca la mia per giungere intrecciate davanti alla tenda di mercurio liquido che sciaborda una nenia quasi romantica. La mia bocca si sigilla alla sua, in un bacio brutale, dannato e perfetto. I nostri corpi si avvinghiano immediatamente in un intreccio impetuoso, ingordo, soffocante. Nessuna forza, anche la più veemente, avrebbe potuto dividerci, o frapporsi tra la nostra insaziabile esigenza di assaporare l'essenza l'uno dell'altra. Sotto il riverbero della luna, i nostri respiri violenti, indistinguibili, sono come un uragano furioso in grado di spazzar via ogni contorno a questa nostra unione così incerta, traballante e allo stesso tempo solidissima. In un contesto normale avrei scopato una donna fino a farle male, con lei invece è tutto diverso in un modo che mi lascia stupito e interdetto a ogni istante. È travolgente e sconvolgente il modo in cui la sento mia, *cazzo!*.

Nessuna lo è mai stata, anche perché c'è da dire che non ho mai voluto nessuna. Faith è delicata come una farfalla che vola su un fiore. Mi stringe e si allontana come una danza, le lascio catturare la mia bocca con dolcezza per poi scivolare via di nuovo. Gli spruzzi d'acqua ci hanno intriso gli abiti di cui mi libero nell'istante in cui credo essere arrivato il momento che ho cercato con tutte le forze di non bruciare con l'urgenza di averla. Ho tenuto a bada i miei modi poco eleganti ma non ce la faccio più. Lei sembra accorgersene e con un balzo rapido, mi salta addosso fino a stringermi la vita con le gambe; è bellissima, elegante, raffinata e selvaggia, soda e liscia dove l'aggancio. Desidera che sia io a spogliarla e con poca grazia lo faccio strozzando la saliva da ciò che mi si para davanti. I suoi seni sono morbidi e rivestiti di pelle d'oca. Travolti dall'eccitazione, giriamo su noi stessi più e più volte riuscendo a tenere l'equilibrio, occhi negli occhi, bocca contro bocca, pelle su pelle, fino a quando mi fermo e la stendo sull'erba bagnata.

«Ti desidero, Faith».

***

Faith

«Anch'io Jude», dico fottuta di lui dalla testa ai piedi.

«Ne sei sicura?»

«Dal giorno in cui mi hai caricato sulla tua moto e mi hai portato qui». Lui sembra essere toccato dalle mie parole, libera il mio volto con le dita dai capelli ormai resi mossi e appiccicati dall'acqua che scintilla su di noi come una pioggia primaverile, poi disegna devoto le linee piene delle mie labbra come avessero appena recitato una delle più belle poesie esistenti.

Anch'io. Non sono più riuscito a pensare ad altro da quel giorno, ti odio per questo», ammette tormentato.

«Non odiarmi adesso, fai l'amore con me, Jude Shell», irrigidisco il petto, glielo offro in bella mostra decisa a rabbrividire al tocco della sua lingua sui capezzoli. Jude ci annega. La sua lingua è l'incarnazione della divinità, mi sta leccando a pochi metri dalle piccole onde, scende senza tregua, la trascina su di me sollevando centimetri di pelle d'oca e... *Dio del cielo!*

Mi sta leccando *lì.* Mi sta assaggiando.

Mi sta... *oh!*

I suoi denti mi sfiorano il clitoride, strappandomi un grido.

«Mmmh», mormora, salendo sopra di me.

«Potrei non essere un gentiluomo, Faith», mi ricorda affannato, ubriaco del mio elisir.

«Sii te stesso, mostrami ciò che sei, n-non f-fermarti», lo esorto ormai fottuta dalla maestria della sua lingua che picchietta folle sulla mia debolezza.

I suoi occhi azzurri mi scrutano con uno sguardo rovente, la sua aura è una miscela contorta di furia ed eccitazione. La sento sulla pelle. Minaccia di incendiarmi. Le sue labbra sono a meno di un centimetro dalle mie. Il mio corpo mi esorta a inarcarmi verso di lui, a sentire il potere del suo corpo sul mio.

Lo faccio, perché non riesco a non piegarmi al suo istinto.

Non riesco a non piegarmi a qualsiasi cosa mi stia succedendo.

«Ti piace?»

La sua lingua mi sottrae la capacità di rispondere. La sua bocca mi bacia abilmente fino a farmi perdere il senso della realtà, fino a ridurmi in nient'altro che una massa ansimante.

Il petto di Jude è un'opera d'arte fatta di linee e muscoli snelli che si solleva da me per andare a frugare velocemente nella tasca dei pantaloni, da cui recupera un profilattico. Alla vista dell'erezione deglutisco con difficoltà.

È il momento.

Lui mi bacia sulla pancia, tra i seni fino a trovarci faccia a faccia. Un fremito di trepidazione mi scuote quando avverto la sua lunghezza strisciare sul mio ventre prima di afferrarlo alla base e sistemare il preservativo. I suoi occhi sono due pozzi neri di lussuria che gettano lava sul mio corpo febbricitante, in attesa di quel gioco folle che trattiene e muove con la mano. Le mie cosce sono spalancate sotto di lui, la sua pelle torna a collidere con la mia, il suo peso su di me e la punta preme sulla mia fessura. Sto impazzendo. Mugolo, mi aggrappo con le mani alla sua schiena, la sua erezione è imponente, Jude da un colpetto con la punta sull'entrata, poi la fa ruotare intorno al clitoride finché non inizio ad ansimare e tremare, completamente bagnata. Alla fine, si fa spazio dentro di me soltanto con pochi centimetri, eppure avverto un suono strozzato uscirgli dalla bocca, a metà tra un sussulto e un gemito, centimetro dopo centimetro. Il suo volto è sfigurato dalla passione, il suo corpo si muove lento su di me, un po' alla volta per darmi tempo di abituarmi, tanto da scatenare un vero e proprio inferno su di me. Desidero che abbandoni ogni tipo di premura nei miei confronti, che aumenti il ritmo e che scateni tutta la passione che ha da offrirmi senza freni. Decido di ruotare i fianchi in una mossa audace per prenderlo tutto, e sentirlo in profondità mi lascia letteralmente senza fiato.

«Faith, cazzo. Oh sì, principessa».

Le sue parole.

Per lui ero la sua principessa.

Per me lui era un Dio.

Un Dio dal quale non sarei stata più in grado di staccarmi, un Dio che avrei pregato a mani giunte di non lasciarmi.

Jude fa scivolare una mano sul mio fondoschiena e a ogni spinta affonda le dita nella natica, mentre mi bacia in maniera frenetica fino a farmi sentire completa, piena di lui. Mi era sembrato di percepirlo in quel minuscolo istante in cui mi aveva lasciata entrare dentro di lui o quando lui era entrato dentro di me. Non avevo mai sperimentato un piacere del genere, così incandescente e struggente. Il nostro ritmo è selvaggio. Jude pompa dentro di me attraverso movimenti devastanti, annientanti, divini. Le mie mani sono intrecciate ai suoi capelli che tiro a ogni affondo per non essere sbalzata via. Trascino le labbra sulla sua mascella contratta, sul collo, sulla pelle ambrata dell'addome teso e non mi sembra abbastanza. Vorrei poterlo assaporare ovunque. Jude rappresenta la perfezione: le spalle, le braccia che si flettono a ogni spinta ricoperte di muscoli. Striscio con la lingua attorno ai capezzoli che gli fanno scappare un ringhio di piacere. Percepisco i muscoli interni in preda allo spasmo, stretti attorno a lui mentre un orgasmo inizia a stuzzicarmi le terminazioni nervose senza aver avuto il tempo di prepararmi.

«Jude, Jude», cantileno.

I muscoli dei suoi glutei sono rigidi come il marmo, lo sento carico e in procinto di esplodere quanto me, infatti un istante dopo raggiungo il culmine sussurrando più volte il suo nome.

«Sì, così», affonda senza pietà nel mezzo della passione, poi lo sento ingrossarsi dentro di me, anche Jude sta raggiungendo la vetta stretto a me che non riesco quasi a respirare.

16. Sensazioni e rivelazioni

Faith

Il corpo statuario di Jude, esaltato da alcune linee tribali d'inchiostro nero, si sgonfia sul mio, ma prima di cedere saccheggia le mie labbra di baci per poi appoggiarsi con il capo sul mio petto. Ho le lacrime agli occhi, non riesco a credere a quello che mi ha fatto provare, a quello che ha lasciato su di me e dentro di me. Se ripenso alla prima e unica esperienza terribile che ho avuto, questa è imparagonabile. Il paradiso. È tutto talmente grande da lasciarmi senza fiato. D'istinto lo stringo a me e tiro su con il naso, poi sorrido verso la meraviglia del manto stellato, che silenzioso, ha fatto da sfondo alla nostra unione. Se penso che Jude mi aveva messa in guardia dai suoi modi poco ortodossi, dalla sua brutalità... invece è stato magnifico.

Mio Dio, solo tu sai come mi sento in questo momento, e ti ringrazio per tutto questo, per Jude.

«Ti sei pentita?», sussurra senza avere il coraggio di guardarmi in faccia. Giurerei di sentirlo tremare sopra di me.

«Che cosa dici!?» «Stai piangendo, ti ho fatto male?», domanda con la voce rotta.

«Non sto piangendo, sono le goccioline d'acqua che mi sono entrate nel naso», mento.

«Faith, dimmi la verità», insiste.

«Vuoi sapere che cosa provo? Se mi è piaciuto?», incalzo irritata.

«Sì!»

«Perché?»

«Voglio essere certo di non averti fatto del male. Sì, insomma, sei meravigliosamente e maledettamente stretta là sotto, e ho avuto paura di farti male nel momento in cui sono stato travolto dal piacere», rivela imbarazzato, bello, dolce e sincero.

«Beh, la mia esperienza, la prima e l'unica è stata quasi una specie di violenza da parte di uno stronzo che non volevo, ci sono stata male, ma tu… tu mi hai fatto conoscere un lato del sesso che io ignoravo, e no! Non me ne hai fatto, anzi».

«Cosa? Chi è stato?», ringhia inviperito.

«Lascia stare, non roviniamo tutto. È acqua passata. Comunque, questa è stata la notte più bella della mia vita e vorrei non finisse mai. Contento?», rispondo un po' imbronciata.

«Non finirà, non per adesso», pronuncia sulle mie labbra appena bagnate della sua saliva e poi mi sovrasta come un mare in tempesta.

Non finirà, non per adesso.

Dio ti ringrazio!

Mi rassicura e mi accende di nuovo.

Io e Jude abbiamo ricominciato a fare l'amore per tutta la notte. Prima lentamente, poi brutalmente, poi dolcemente. Un'intesa incredibile. Una devozione impensabile. Non ha mai distolto lo sguardo mentre mi penetrava. Ha adorato e profanato la mia femminilità con la bocca, con le mani, infine col suo sesso. Ha reso il mio corpo dipendente dai suoi tocchi, dalla sua abilità di uomo. Mi ha fatta tremare facendomi sua ancora e ancora. I nostri respiri si sono mescolati, le nostre mani si sono intrecciate. È stato magnifico, incredibile, sfibrante. Mi ha lasciata confusa, sognante fino alle prime luci dell'alba.

***

Jude

L'odore della pelle di Faith che giace su di me, mi riempie i polmoni a ogni respiro; sentirla così mia, scatena il caos nella mia mente. Desiderarla così tanto mi fa sentire disarmato, quasi privo di forza, di quella forza e risolutezza con la quale ho tenuto tutte al loro posto. Lontane.

Ma con lei… ho un terrore latente di perdere ancora una volta qualcuno che potrei addirittura amare e anche il solo pensiero mi manda fuori di testa. Non ce la farei un'altra volta.

Non posso chiedere al mio cuore di farlo.

Non reggerebbe.

E poi cosa potrei mai offrirle?

Lei deve essere figlia di qualcuno ben messo se quella merda di Wear le sta addosso. Un'estate. Abbiamo un'estate, e poi ognuno per la propria strada. Calmo i miei irrequieti pensieri perché all'idea di lasciarla andare proprio ora che ci siamo trovati, mi sembra di avere una lama affilata conficcata nello stomaco. Un mugolio fuoriesce dalla sua bocca e lascia intendere che sta per riprendere i sensi. È bella come un giardino di orchidee, così eleganti, suadenti e selvagge. Un mix letale è la descrizione perfetta di lei. Se ripenso alla passione con cui l'ho scopata per tutta la notte, *cazzo*.

Più la fottevo e più la volevo. Faith è una droga. Abbasso lo sguardo per vedere i suoi movimenti. Il sole la infastidisce con i suoi raggi puntati proprio sulle palpebre, cerca di nascondersi, ma non riesce. I fasci solari la rincorrono, vogliono destarla dal sonno, ma lei è annodata al mio busto, non lo ha mai lasciato, è così incredibilmente meraviglioso essere legato dalla corda delle sue braccia che vorrei ancora un po' di tempo per riflettere e osservarla. Questo luogo è stato il nostro Eden, dove mi basterà venire qui per vederla. Ricordarla.

«Mhm».

«Buongiorno, principessa!».

Le sue palpebre si sollevano dando spazio allo scintillio delle sue iridi che riflettono i raggi solari rendendole ancor più luminose e grandi.

«Jude».

«Faith».

«Che ore sono?», biascica con la bocca impastata dal sonno.
«Non lo so», mi scappa un sorriso, uno di quelli che mi sa tirar fuori solo lei.

«Sue sarà preoccupatissima».

«Inviale un messaggio, vedrai si calmerà».

«Quando saprà che sono con te, o meglio, su di te nuda, straziata dal sesso memorabile che abbiamo fatto per tutta la notte? Non credo», le sfugge un sorriso che catturo con le mie labbra.

«*Memorabile*… così mi lusinghi. Glielo dirai?»

«Certo che glielo dirò», si allunga per recuperare il telefono e le scappa un mugolio.

«Oh, cavolo!», istintivamente si preme il basso ventre con la mano, seguito da un rossore sul volto dato dalla vergogna.

Deve avere male là sotto perché ha serrato le cosce e ha strizzato gli occhi. Attendo che scriva e poi la conduco in acqua dove può ottenere del sollievo.

«Vieni, ti farà bene».

Lei mi segue docile, ma solo per poco.

Una volta immersa inizia a giocare con l'acqua. Sorride e si diverte come la ragazzina che è. Mi schizza, mi sfida, poi raggiunge a nuoto la roccia sottostante la tenda d'acqua. Ho come un déjà-vu che mi riempie la memoria di ricordi. Faith è così simile a *lei* che qualche volta mi pare di vederla. La raggiungo con una bracciata.

«Non sfidarmi… potresti farti male», la ammonisco, poi le arpiono i fianchi e la stringo a me.

«Mhm, s-sei di nuovo…oh mio Dio Jude, sei insaziabile», sibila sulla mia bocca.

«Non hai idea di dove posso arrivare».

«Mostramelo!», esige ferina, poi si riempie la mano della mia erezione che prende a massaggiare.

«Uhm! Le tue mani, principessa», grugnisco infervorato.

«Che cosa hanno le mie mani?»

«Sono minute, sanno scopare».

«Sono abili dottor J», aumenta il ritmo che mi fa gettare il collo all'indietro lasciando che la mia capigliatura scarmigliata penzoli giù per la schiena.

«Dottor J mi piace. Uhm… Hai intenzioni bellicose», biascico con la voce che a malapena sovrasta il frastuono della cascata. Faith sorride sardonica, ma se non mi sposto ho paura che le verrò in mano.

«Lasciami fare…», insiste, ma io mi sposto.

Non sono questi i miei piani, non lo sono affatto. Devo ammettere che mi piace vederla spiazzata dalle mie gesta, dai miei continui cambi d'umore che sembra subire, anche se poi si dimostra combattiva.

«Che c'è, getti la spugna principessa?», la provoco arpionandole i fianchi da dietro, e infliggendole la mia erezione sul culo.

«Ti desidero un casino, ma non credo sia più accessibile», il suo volto si fa carminio e comprendo all'istante che si riferisce proprio lì, dove ci sono andato giù pesante stanotte.

«Sdraiati e apri le cosce», le ordino e lei sembra indignarsi.

«Perché?»

«Sono pur sempre un dottore, lasciami vedere cosa ti ha lasciato il sesso sfrenato di stanotte», le scappa un sorriso e subito dopo il suo volto si rilassa, anche se la sua faccia assume mille smorfie e colori. Non ne comprendo il motivo visto che l'ho scopata con la lingua e poi col cazzo, ma, evidentemente, in modalità visita ginecologica deve sentirsi in imbarazzo.

Poi, obbedisce. Si allunga sulla battigia di una piccola insenatura scavata dall'acqua, punta il suo sguardo su di me, e avverto un brivido serpeggiare sulla spina dorsale. Dio quant'è bella. Una meraviglia. Appena spalanca le cosce devo trattenere un ringhio perché il mio amico è già pronto per affrontare mille round, ma devo andarci piano o la sciuperò ancor prima di averne abbastanza, se mai ne avrò.

«Sono lusingata dottor J», allude alla mia erezione che svetta fino a mezzo busto.

«Mhm, qualche piccola lacerazione, nulla di che, sono molto fastidiose.» Perlustro la zona arrossata con cura e con la bava alla bocca, proprio come un quindicenne travolto da una tempesta ormonale. Mi sollevo da terra e mi dirigo dietro al torrente caldo dove non ho ancora portato Faith, strappo due foglie d'aloe e torno da lei.

«Che cosa intendi farci con quella roba spinosa e appuntita?», domanda sull'agitato.

«Spremerò l'esterno per ricavarne del succo, che è quasi un gel sulla parte lesa, vedrai che non sentirai nulla e starai subito meglio», spiego per tranquillizzarla.

«Grazie», si rilassa e si affida alle mie cure.

Una volta terminato, mi stendo accanto a lei.

«Sai molte cose Jude, e sei molte cose. Hai più personalità che in alcuni casi mi hanno confusa», rivela rilassata mentre mi accarezza il mento con la mano.

«Per sopravvivere molto spesso è necessario».

«Posso comprenderti. Se solo ne fossi stata capace anch'io prima...», ammette pensierosa.

«Sei ancora in tempo e se vuoi puoi parlarmene», mi offro come supporto perché l'idea che lei stia male per qualcosa o a causa di qualcuno mi provoca una strana sensazione che mi si è annodata proprio sulla bocca dello stomaco.

«Lo farò, ma prima finiamo con te: che cosa ti porta a essere Dr. Jekyll and Mr. Hyde?»

«Io non sono Dr. Jekyll and Mr. Hyde! Non dirmi che dottor J si riferisce a...», scoppiamo a ridere, il che è troppo frequente in sole ventiquattro ore per i miei standard.

«Avresti preferito Dr. Shell and Black Angel?», propone divertita.

È così che mi vede, proprio quello che sono davvero, quello che nessuno si è mai domandato finora. Chi è Jude Shell e perchè si comporta così?

L'ho sentito dentro fin dal primo sguardo che lei era diversa e lo è davvero. «Un nuovo personaggio bipolare che può sfondare in tv, grazie signorina...», pretendo di conoscere il suo cognome, ma lei innalza un muro tra noi.

«Faith», si rabbuia. Vuole sapere di me e non vuole dirmi di lei. In realtà ci stiamo aprendo, o almeno lo credevo. Non mollo.

«Avrai pure un cognome, signorina Faith o è un segreto?», dico ironico. Lei abbassa lo sguardo e gonfia il petto d'aria.

Qualcosa non va, lo percepisco dalla tensione che l'avvolge, attendo, ma desidero che sia lei a dirmelo.

Rockfeller», esala smarrita non so dove ma la sua espressione mi colpisce dritto al cuore.

Faith Rockfeller.

Cazzo!

Faith Rockfeller, quella Faith Rockfeller.

Ora si spiega tutto, il motivo per cui quella merda di Chad l'ha presa di mira, l'amicizia con Sue.

«Di cosa hai paura?», appongo due dita sotto il suo mento e riporto i suoi gioielli luminosi sui miei.

«Di tutto», esala.

«Non di me»

«Non di te, Jude», mi rassicura, ma non dice tutto quello che le pesa sul cuore. Per oggi va bene così, devo proteggerla. Ora che so chi è, non posso lasciarla un secondo, quell'avanzo di galera potrebbe farle qualsiasi cosa pur di racimolare qualche spicciolo, figurarsi con lei. Devo trasferirmi a casa di mio padre, portare il progetto con me, è più sicura se dovessimo trascorrere la notte insieme. Lei ignora la mia casa sul lago e non ne verrà a conoscenza finché correrà dei rischi. Quella sanguisuga avrà già fiutato qualcosa di grosso. *Maledizione!*

«Promettimi che continuerai a vedermi per quella che sono, non per il mio cognome», si avvicina con la bocca alle mie labbra con una richiesta disperata.

«Sono un uomo dalla condotta ambigua, intorno a me gira gente poco raccomandabile Faith, il che implica tanta attenzione da parte mia, ma per me resti la ragazza antipatica e angelica di quella sera, quella che è salita ignara di tutto sulla mia moto e mi ha abbracciato per non lasciarmi solo».

«Allora lascia che io resti quella ragazza con cui sei arrivato a fare l'amore stanotte soltanto perché la desideravi, da Chad me ne guarderò bene, non preoccuparti», affonda le sue labbra sulle mie, le accarezza con le sue, poi cerca la mia lingua che le concedo attraverso un bacio che ci tira via l'anima.

17. Insieme

Faith

Ho avuto il terrore che Jude sparisse per tutta la notte. Ho raccontato tutto a Sue che invece si mostra tranquilla, compiacente con la scelta presa.

«Hai fatto bene a dirglielo, tanto prima o poi l'avrebbe scoperto. Ma dimmi, cos'altro c'è stato tra voi? Sembra ti sia passato sopra un camion», domanda come se conoscesse già la risposta.

Travolta da un miliardo di emozioni scoppio a piangere come una fontana e lei subito si presta a consolarmi. La mia reazione la lascia interdetta, in attesa che io mi esprima.

«Faith, che è successo?»

Vorrei rispondere, dire che niente nella mia vita, NIENTE è mai stato bello come il tempo trascorso insieme a Jude, tra le sue braccia, sotto il peso del suo corpo, averlo dentro, perdermi nell'infinita bellezza dei suoi sorrisi è l'unico motivo che ho per continuare a vivere, il motore che mi fa alzare dal letto ogni mattina, e se lui decidesse di finirla lì, io…

«Ehi, allora? Devo preoccuparmi?»

Nego con il capo e mi asciugo le lacrime dalle guance.

«Ho paura», riesco a emettere tra un singhiozzo e un altro.
«Di cosa?»

Mi sollevo dal suo petto e la guardo dritta negli occhi.

«Che tutto questo finisca, che lui scelga di starmi lontano per paura che qualcuno della cerchia "bad" mi faccia del male, che rinunci a me».

«Ascolta, per quanto poco conosca Jude, tutto è fuorché un cacasotto, se voleva che tutto finisse te l'avrebbe detto. Come si è conclusa la giornata di ieri?»

«Abbiamo parlato, ci siamo detti un mucchio di cose, come se ci stessimo conoscendo meglio in previsione di qualcosa di importante… poi, poi abbiamo fatto l'amore nell'acqua, è stato qualcosa di inspiegabile Sue. Sento che non posso vivere senza, non voglio più vivere come mi hanno fatto vivere i miei genitori finora. Aiutami per favore», la imploro terrorizzata.

«Ora calmati, se questa cosa va avanti escogiteremo un piano, ma per l'amor di Dio Faith, non buttarti giù, vivila, esci con lui, avete ancora due mesi. E due mesi sono abbastanza per conoscersi e capire se funzionate. Quando vi rivedrete?»

«Aspetto un suo messaggio che so non arriverà mai»

«Piantala! Non ti gufare le cose da sola. Quando dicevi che avete fatto l'amore in acqua, quale acqua intendevi esattamente?», domanda curiosa.

«Quella delle Falls, come dice lui, dove è iniziato tutto e dove tutto è finito»

«Ha detto questo?»

«Lo dico io»

«Così rovinerai tutto», mi rimprovera.

«Non voglio», ho la mente annebbiata dal terrore e non riesco a ragionare lucidamente.

«Allora smettila e raccontami i dettagli, poi se ti interessa anch'io ho da raccontarti qualcosa. Credo che stavolta sarai fiera di me!»

«Cos'è successo?». Mi sento una merda, non le ho chiesto nulla di lei e Nolan.

Questa situazione mi ha assorbito completamente nel più totale egoismo.

Devo recuperare e per un attimo non pensare a lui. «Non dirmi che tu e Nolan...», lei saltella sul letto e sorride a diecimila denti.

«Siiii! Ci siamo finalmente baciati, e baciati, e baciati. Siamo stati a casa mia e per un istante ho creduto che potessimo finire col fare sesso», ammette con un'ombra di tristezza a oscurarle il volto.

«Che cosa ve lo ha impedito?», domando con il cuore che scoppia dall'emozione anche per loro.

«È stato lui, vuole fare le cose per bene, un primo appuntamento, e poi tutto il resto. Vuole andare per gradi, mentre io invece non ce la faccio più! Ovviamente l'ho assecondato, ho aspettato talmente tanto, che uno o due giorni in più non mi uccideranno», dice su di giri.

«Sono fiera di te Sue, come lo hai convinto?», chiedo estremamente curiosa dal momento che lui era talmente bloccato nei suoi confronti che credevo non avvenisse mai. «Ho fatto il primo passo, proprio sotto al gazebo, mentre ballavamo un lento vicino ad altre coppie. Alla fine della musica, quando il bacio era d'obbligo e tutti avevano già le labbra congiunte, gli ho accarezzato la guancia, mi sono chinata sul suo orecchio sussurrandogli che volevo lui e l'ho baciato. Credevo di svenire non appena ha dischiuso le labbra e ha iniziato a baciarmi con la lingua, il suo sapore si è diramato come un potente afrodisiaco su ogni parte di me e da lì non ho capito più nulla, solo che avrei fatto qualsiasi cosa per stare con lui. Un po' come te e Jude», racconta. I miei occhi sono colmi di lacrime, un po' per l'empatia che sento di avere con Sue, un po' per il racconto, un po' per la mia situazione.

«Sono così felice per voi, te lo meriti. Ve lo meritate entrambi», ammetto scossa da tante sensazioni che sento vibrare dentro.

«Te lo meriti anche tu Faith, tu e Jude siete perfetti insieme», dice sinceramente felice per noi.

Eppure qualcosa dentro di me non mi permette di stare tranquilla. Se il mio telefono non si sbriga a lampeggiare il nome di Jude potrei impazzire. Sono talmente tanto patetica e insicura che mi faccio pena da sola.

***

Jude

Buongiorno mondo!

Non credo di aver dormito tanto in vita mia e soprattutto beatamente. Scoprire la vera identità di Faith mi ha scosso, ma per nulla ha alterato quello che provo per lei, che in realtà non so decifrare bene nemmeno io. Però la desidero più di ieri e non vedo l'ora di rivederla. Abbiamo due mesi a nostra disposizione che intendo rendere indimenticabili, poi sarò pronto a quello che sarà. Papà è felice del fatto che io sia tornato momentaneamente a casa con lui. Ovviamente ignora le ragioni, ma tanta felicità per tutti, mancava da ormai troppo tempo. Ho spalancato le finestre, dato aria alla mia impolverata stanza, in attesa che Mildred venga a pulirla a fondo. Il telefono squilla rompendo la soffice cortina dei miei pensieri.

«Black Angel!»

«Ehi, Coleman ciao! Che notizie mi porti?»

«Il percorso della Stanner Road è stato sistemato, stasera hanno messo in palio 30.000 dollari per colui che taglierà il traguardo».

«Cazzo, sono un bel po' di soldi. A che ora?», domando deciso a partecipare, anche se mi dispiace non poter realizzare ciò che avevo in mente di fare con Faith ma… Ora la chiamo e sento se vuole ancora mischiarsi con un povero diavolo come me. Invio la chiamata sperando mi dica di sì.

«Buongiorno, principessa, come stai?»

«Ciao dottor J, benissimo, sono sveglia da poco e ho una fame da lupi!», cinguetta

«A chi lo dici! Stavo seriamente pensando di andare a fare colazione da Bakery Street, ti va di venire con me?». Non ci riflette nemmeno un misero istante che soffia un "sì" dolce e morbido come lo è il suo corpo sotto il mio potere. Pronto e disponibile.

«Preparati, hai quindici minuti da ora!»

Attacco e mi butto sotto alla doccia con l'erezione che tira al solo pensiero di lei. Ogni millimetro del mio corpo freme in attesa di scoparla di nuovo. Socchiudo gli occhi, lo afferro dalla base, tutto riappare nitido come fossimo ancora insieme. Io su di lei e l'elettricità a scorrerci sulla pelle. Lo tiro nel tentativo di spegnerlo, mi insapono, poi mi sciacquo con l'acqua gelida. Non voglio farmi una sega pensando a lei, voglio possederla, saziarla, vederla persa sul mio letto, imprimere il suo profumo sulle mie lenzuola.

Ho intenzione di portarla qui, papà non c'è e… *ora recupera la ragione Jude, coraggio!* Trentamila Dollari rappresentano un gran passo avanti per la fondazione in memoria di mamma. Non ho potuto rifiutare. Mi sbrigo, indosso un jeans strappato sulle ginocchia, una T-shirt nera, la collana di mamma, le Adidas Campus 00' nere e monto in sella diretto alla gigantesca villa dei Merryott. Non asciugo i capelli, li lascio fluttuare indisciplinati al vento, proprio come quando me li scompiglia lei con le mani.

***

Faith

Non sto nella pelle. *Mi ha chiamata!* Come una pallina matta giro e rimbalzo tra camera e bagno. Ho la mente fregata dall'agitazione, non so che cosa indossare. Sue se n'è andata e io sono in panico, oltre ad avere solo cinque inutili minuti di tempo a disposizione. Nel mio armadio non c'è nulla che possa andar bene. Nemmeno io vado bene. I capelli fanno schifo, la mano mi trema e riesco a malapena a truccarmi e ad acconciarli. *Cosa cavolo mi hai fatto Jude Shell?* Mi posiziono davanti all'armadio di Sue, sposto gli abiti appesi e l'attenzione si calamita immediatamente su un abitino monospalla bianco e azzurro che fascia il seno e poi cade morbido sopra alle ginocchia. Lo indosso ed è perfetto, proprio quello che stavo cercando. Fresco, sensuale ed elegante al tempo stesso. Mi piace. I capelli però continuano a fare schifo; allora cerco Annette, la governante e la prego di aiutarmi a raccoglierli in qualche modo carino. Lei per fortuna è abile, e in poco tempo me li acconcia in una perfetta treccia laterale che dà ordine e scopre il viso. Soddisfatta la ringrazio e mi appresto a scendere al piano inferiore. Un istante dopo, il telefono emette un bip e quando controllo chi è che mi ha scritto, anche se sono sicura di conoscere già la risposta, mi viene da sorridere: il mio bellissimo centauro è arrivato. Perciò mi chiudo la porta alle spalle, respirando a pieni polmoni l'aria calda intorno a me, che insieme all'immagine di Jude in sella alla sua moto mi fa ardere ancora di più e fremere proprio lì sotto, dove lo avverto ancora muoversi dentro di me.

Questo ragazzo è uno spettacolo vivente al quale nessuno può resistere senza innamorarsene, senza incantarsi a venerarlo, bello e impossibile proprio in attesa del mio arrivo, e come un film romantico lo raggiungo e lo bacio a perdifiato.

«Ciao anche a te principessa! Così mi lasci intendere che ti sono mancato».

«Più di quanto immagini», ammetto senza vergogna. Ho la maledetta abitudine di essere troppo onesta.

«Beh, anch'io non vedevo l'ora di rivederti»

«Sul serio?»

«Sul serio», sorride tra un bacio e l'altro.

Non so che cosa gli sia successo, ma mi piace da impazzire questa versione di lui. Ne approfitto finché dura.

«Dove andiamo?», domando curiosa.

«Vorrei portarti in alcuni luoghi molto importanti per me, compresa casa mia che è libera, ma solo alla fine della giornata. Poi stasera però ci sarà la gara, e anche se lo vorrei tantissimo, non riesco a cenare insieme a te, probabilmente finirò molto tardi, hanno liberato la Stanner Road e non posso non accettare la sfida».

Non vuoi.

«Verrò con te, sono la tua groupie, lo hai per caso dimenticato?», mi acciglio alle ultime parole pronunciate.

«È pericoloso, per favore. Hai visto l'ultima volta?»

«Dice che è stata sistemata? Tutto può essere pericoloso, ma è bene che ti metta in testa che io non ti lascio da solo», decreto irremovibile. Il che sembra piacergli da come avverto le sue

braccia vagare sulle mie curve e finire in un abbraccio che mi stritola di felicità.
«E va bene, hai vinto», alza in aria le mani e mette in moto.
Mi sento felice, accanto a lui lo sono sempre e non mi occorre nulla di costoso, nulla che richiami la mia routine, il mio stato. Solo respirare il suo odore mi è sufficiente per sognare qualcosa che niente e nessuno può darmi se non Jude Shell.

18. Luoghi importanti

Jude

Mi sento un perfetto imbecille, non so perché l'ho fatto, ma ormai ho parcheggiato la Kawasaki davanti al cimitero e Faith è in attesa di una spiegazione. È immobile, non prende iniziativa, attende che io mi esprima… *merda! Come mi è venuto in mente?* Le avevo proposto la colazione e invece la porto al cimitero? La scusa del "era di strada" non regge proprio, e l'unica cosa che mi viene da dire è che non ci sto con la testa.

Sospirando cedo e provo a dire qualcosa che non mi faccia sembrare un perfetto imbecille dal quale fuggire a gambe levate.

«Scusami Faith per averti portata qui, ma…», stringo il manubrio poi sfilo il casco, scuotendo leggermente i capelli per ridargli una forma, e cercando di trovare qualcosa da dire, che possa giustificarmi, perché cazzo, volevo che fosse un appuntamento sereno e felice e invece la porto al cimitero! Non ci sto con la testa. Chissà che cosa potrebbe pensare di me… Faith però, vedendomi in difficoltà, frena la corsa veloce dei miei pensieri prendendo in mano la situazione e confortandomi.

«Sono onorata di poter conoscere qualcuno di tanto importante per te», sussurra sul mio orecchio destro dolce e rispettosa.

Alla sua ammissione avverto il mio cuore espandersi e irrorare una sensazione di pace totale che mi fa brillare gli occhi. Sì, sto rasentando la commozione, perché sinceramente non mi aspettavo che Faith assecondasse questa cosa, anzi avevo già immaginato la sua faccia incazzata e ne avrebbe avuto tutte le ragioni. Ma per una strana coincidenza, lei è esattamente come mia madre: paziente, buona, generosa, gentile… e questo suo lato mi fa impazzire. Dunque la prendo per mano, conducendola all'interno del cimitero e dirigendomi verso la tomba di mia madre:

Alicia Freeman
in Shell
moglie e madre amata

Guardare la sua foto affissa sulla lapide è un dolore che non riesco a esprimere. Mi sconquassa il petto, mi brucia nelle vene e mi fa scoppiare a piangere come un bambino. Allo stesso tempo, però, provo una grandissima rabbia verso mia madre, perché non doveva andarsene, perché me lo aveva promesso che sarebbe rimasta, che ci sarebbe stata in ogni situazione, che mi avrebbe aiutato. Anche adesso l'avrei voluta…

So che mi avrebbe dato il consiglio giusto a ogni problema, e so che, se gliel'avessi fatta conoscere, per Faith sarebbe diventata matta. Le sarebbe piaciuta molto e sarebbero andate d'accordo. In fondo, sono l'una lo specchio dell'altra. Diverse di aspetto ma col carattere più buono e dolce che io abbia mai conosciuto. Mamma ha i capelli scuri come i miei, nella foto li porta legati in una coda di cavallo e nei suoi occhi chiari splende una luce che poche volte le ho visto addosso. Il suo sorriso è capace di illuminare anche questo posto angusto e tetro.

Bella come un angelo al quale hanno strappato le ali troppo presto, e io è per questo che ho studiato medicina, perché voglio salvare quante più vite possibili per impedire alle persone, soprattutto ai bambini, di soffrire della morte di un parente caro. Ovviamente so benissimo che alla morte non c'è rimedio, che quando essa chiama non puoi far altro che rispondere, ma uno ci prova lo stesso a ritardarla un po', e io con te mamma avrei tanto voluto provarci, anche se eri una malata terminale. Studiando, ho compreso a pieno quanto tu stessi male, quanto il cancro ti avesse mangiata, quella bestia maledetta, ma non averti qui è il dolore più grande che tu mi abbia mai causato. E ora che ti guardo sorridere in questa stupida foto sulla tua cazzo di lapide, mi chiedo se io stia odiando più te o la vita in generale. Non riesco a trovare una risposta, so solo che sono a pezzi e mi manca il respiro. Mamma, perché mi hai fatto questo?

Una nuova lacrima solca la mia guancia, Faith mi accarezza la schiena tentando di farmi calmare, ma la verità è che nulla può farmi calmare in questo momento, e non riesco ancora a capire perché siamo qui.

***

Faith

Vedere il modo in cui il solo stare davanti alla lapide di sua madre lo fa soffrire mi disintegra il cuore in tanti minuscoli frammenti. Un ragazzo come lui, liquefatto dal dolore, dalla non accettazione totale della sua scomparsa è straziante. Vorrei fare molto più di accarezzarlo, ma non lo conosco a sufficienza per andare oltre la mera vicinanza. Non voglio risultare invadente. La vita è così ingiusta, maledizione! Resterò comunque qui accanto a lui, persino in silenzio, anche se magari litigheremo e non mi vorrà vicino, ma non lo lascerò mai solo, perché di tutte le poche cose che ho imparato a comprendere di lui, è che quello che più lo ha annichilito è proprio la solitudine. Mi viene da piangere al solo immaginarmelo rannicchiato in un angolino dopo essere venuto a conoscenza della scomparsa della madre, a immaginarmelo mentre non riesce più ad andare avanti. Ma d'altro canto, dopo un avvenimento del genere, cosa potrà mai risarcire l'enorme voragine che si è formata nel petto? Nulla, non c'è nulla che si possa fare o dire per alleviare la pena; non esiste cura o rimedio, esiste soltanto l'accettazione, ma, in un certo senso, è come se Jude si fosse lasciato morire insieme ad Alicia. Lo si capisce dal dolore che ancora oggi lo distrugge. Ma io non mollo, lui è il mio raggio di sole, il mio alito di vita, la mia passione, il desiderio, l'attrazione pura. Tutto quello che ho sempre desiderato e sognato, è racchiuso in lui. Niente se non lui stesso potrà farmi cambiare idea. Gli insegnerò a convivere con il lutto e con il ricordo vivido di lei in un modo differente da questo, devo solo lasciarlo sfogare.

«Volevo regalarti un pomeriggio felice e invece ho rovinato tutto portandoti qui, che idiota!», allaccia le sue braccia intorno al mio collo e io temo di non reggere a questa disperata quanto dolce richiesta d'affetto. Nel relitto che risiede nei fondali dei suoi abissi azzurri, non c'è spazio per la consolazione.

Povero amore mio quanto devi soffrire.

«Ogni istante che trascorro insieme a te, è il più bello che mi sia mai stato concesso in vita mia. In appena venti giorni, mi hai fatto toccare il cielo con un dito, mi hai fatto conoscere la rabbia, la gelosia, la passione, il desiderio, il dolore, l'affetto, l'amore, la paura, e mi chiedi perdono? In diciotto anni ho solo vissuto credendo di… ma questo, tutto questo, non lo cambierei mai per nessun cognome, o stile di vita al mondo. Tu per me Jude rappresenti tutto», vuoto il sacco con il cuore in mano, forse con la stessa facilità di una dodicenne alla sua prima cotta, eppure non è nulla rispetto a quello che sento radicarsi in fondo al cuore. «Non sono abbastanza per te Faith, che cosa mai potrei offrirti? *Questo? Le gare clandestine?* Tu meriti qualcuno che non abbia problemi, che non provi odio e rancore, e io purtroppo non sono così. Mi sento legato dalle catene della morte di mamma, intriso in un patimento che mi avvelena il sangue… forse la sto trattenendo a me nella speranza che sia tutto un incubo, e forse lo sto facendo perché *l*ei aveva promesso…», singhiozza disperato.

«Cosa aveva promesso Jude?», domando quasi impercettibilmente, mentre tasto nella borsetta alla ricerca di un fazzoletto da potergli dare.

Lui rimane zitto per alcuni secondi, asciugandosi gli occhi e cercando di regolarizzare il respiro ansante dato dal forte pianto, infine mormora: «Che non mi avrebbe mai lasciato».

Ora si spiega il motivo per cui sfida la morte, ma come faccio a dirgli che non funziona proprio così? Provo a dire quello che penso sperando che non si arrabbi con me, o che mi dia dell'invadente.

«Ogni mamma rassicura i propri figli con queste parole, che funzionano, danno forza per crescere liberi dalle paure, ma la vita non sempre ci permette di scegliere le modalità con cui uscire di scena. Soprattutto quando farlo».

Jude ascolta il mio discorso, mi stringe ancora più forte. Sono felice che non sia incazzato con me.

«Mi manca».

«Lo so».

«Eravamo insieme alle Falls e quando mi sono svegliato la mattina seguente non c'era più. Mio padre è un bastardo! Non mi ha permesso di dirle addio, non lo perdonerò mai per questo».

«Sono sicura che tuo padre ti adora, glielo si legge negli occhi, quelli non mentono mai, e quando ti guardava alla festa, ti posso giurare che era colmo d'amore. Parlatevi e cerca di non giudicarlo se puoi. Non ti fa bene. Prova anzi a capire il motivo della sua decisione».

«Non c'è perdono per lui».

«Hai perso la tua mamma, lui sua moglie. In questa storia non hai sofferto solo tu, Jude».

«Non è la stessa cosa».

«Lo so ma prova a parlarci, te ne prego. Cerca di capire il motivo delle sue azioni, che cosa è successo veramente».

«Lei è morta e io sono rimasto solo con me stesso, con le mie paure, senza entrambi i genitori, perché lui per me non c'è mai stato».

«Non voglio forzarti a fare nulla che non vuoi, ma lui è ancora vivo e...», mi blocco, indecisa se confessargli fino in fondo cosa penso veramente, ma poi mi dico che è giusto che lui veda le cose anche sotto un altro punto di vista.

«E?»

«Forse stai buttando via l'occasione di vivere un rapporto che potrebbe renderti felice, che potrebbe farti sentire meno solo ad affrontare questa merda!»

«Non lo so, ancora non ci riesco»

«Va bene, ma promettimi che ci penserai», lo bacio sulla spalla prima che si stacchi da me per accendersi una sigaretta.

È dura, lui sembra essere inflessibile, e io probabilmente mi sono spinta oltre, non posso insistere, anche se era necessario. Come ho detto prima, voglio che Jude apra gli occhi.

«Dottor J, visto che non siamo più in tempo per la colazione ma sempre in tempo per il pranzo, che ne dici di un brunch? Sue una volta mi ha portata in un posto dove fanno delle uova strapazzate da urlo!», cerco di alleggerire il momento rischiando di farlo incazzare, anche se il sorriso che mi regala l'istante dopo mi fa capire di non aver sbagliato.

«Io invece propongo un mega sandwich, di quelli a quattro piani, una bella birra e due tiri al bowling, che ne pensi?», convoglia poi, nel mentre mi cattura a sé e mi accarezza una guancia con un'espressione rilassata stampata sul viso.

Finalmente!

«Dico che è una splendida idea e non vedo l'ora di mettere qualcosa sotto i denti. Sai com'è, qualcuno mi aveva promesso una bella colazione e invece...», ci scherzo un po' su, lui ridacchia.

«Allora non perdiamo tempo principessa!», mi pianta un bacio sulle labbra al sapore di nicotina che allenta le gambe e fa turbinare il cervello, prima di montare in sella e dedicarci a un po' di spensieratezza.

Una volta arrivati abbiamo gli occhi di tutti puntati su di noi.

Merda! Avevo in mente qualcosa di diverso, per un momento mi ero quasi dimenticata del cognome che porto. Qui gran parte della gente sa chi sono e a giudicare da come qualcuno posiziona il telefono, potrei dire che mi stanno scattando delle foto.

Che palle! Spero soltanto che non arrivino fino a mia madre e a mio padre.

Ah, non voglio pensarci! Quando Jude mi attira a sé per baciarmi tra uno strike e un altro me ne frego delle foto o di quello che potrebbe succedere.

Ne vale la pena. Mi fa sentire talmente tanto sua da sciogliermi come neve al sole. Sarei disposta a sborsare qualsiasi cifra per viverla all'infinito una sensazione unica del genere. E sono sicura che quando finirà l'estate piangerò lacrime amare in ricordo di tutto questo. Ma ora non voglio pensarci, voglio concentrarmi solo su di me e Jude e il nostro pomeriggio insieme.

«Mi hai stracciata! Non vale…», lamento imbronciata, ma entusiasta di vederlo finalmente sereno.

«Ma se sei più brava di me! Due punti, ti ho fregata per soli due punti!», mi trascina verso l'uscita.

«Dove andiamo adesso?»

«Abbiamo circa tre ore prima della gara, quindi suggerisco il tour panoramico di casa mia, cibo cinese da asporto per cena e poi Stanner Road, sempre se non ti ravvedi e cambi idea!?»

«Giammai, Black Angel!».

***

La casa di Jude è incantevole, grande al punto giusto, rivestita con la stessa pietra presente alle Falls e immersa nel bosco. Davanti all'ingresso principale c'è una stradina imbrecciata che finisce davanti a una meravigliosa fontana, proprio di rimpetto al portone d'ingresso, composto da legno e vetri oscurati. Il tetto è a spiovente e dai perimetri dei balconi sfociano cascate di surfinie stellate viola e bianche. Un gattino nero che Jude accarezza viene a farmi le fusa strusciandosi sulle gambe. Dopo un bacio brulicante di passione Dr. Jekyll mi invita a entrare. Ho il cuore che batte inferocito nel petto mentre avanzo di due passi e mi immergo come Alice nel paese delle meraviglie nel suo mondo, nei suoi ricordi. È strano, incredibile trovare una casa bella quanto semplice il cui profumo di pulito è talmente dolce che sembra diffuso da delle candele o qualcosa di simile. Noto che sulle pareti ci sono molte foto appese che ritraggono lui e la sua famiglia. Erano sereni, sua madre di una bellezza disarmante quanto lui, seppure abbia molto anche di suo padre che è un gran bell'uomo. Pochi istanti dopo sentiamo suonare alla porta, deve essere arrivato il cibo e mentre Jude se ne occupa, la mia attenzione viene catturata da un faldone lasciato aperto sopra al divano di pelle nera. Lo so che non è bello e che non si fa ma... la tentazione è troppo forte. Mi avvicino e leggo "Alicia Foundation", sfoglio alcune pagine e apprendo che è un progetto riservato ai figli orfani di madre. Ho un tuffo al cuore a scoprire che è proprio Jude che sta cercando di metterlo insieme e portarlo alla luce. Noto anche che gli servono fondi. Ancora centocinquantamila dollari. C'è un IBAN evidenziato. Attivo la fotocamera del telefono e scatto qualche foto. *Un altro lato di lui che non conosco ma che ammiro.* Ma poi la sua voce si fa più vicina e lo sbattere del portone conferma che sta arrivando con la cena in mano. Faccio la vaga e prendo distanza dal divano.

«La cena è servita. A tavola signorina Rockfeller! Non sono né ostriche, né caviale accompagnati da del raffinato champagne, ma faremo finta che lo siano», recita divertito.

«Sono terribilmente viscide, preferisco di gran lunga quello che hai ordinato», afferro con due dita le estremità della sua bocca che strizzo e bacio prima di sedermi dove ha apparecchiato.

«Sul serio?»

«Proprio così! Metà delle cose che mangio, le mangio per accontentare i miei genitori, anche se le detesto», ammetto con il volto velato dalla tristezza e dalla pena che faccio anche a me stessa.

Jude posa le scatole sulla tavola e avvolge le mie mani tra le sue.

«Come fai a vivere in questo modo, Faith? Non è giusto! Non dico di rimpinzarsi di schifezze, ma assecondare dal punto di vista alimentare i tuoi gusti con il cibo che gradisci maggiormente, sì», dice preoccupato.

«Non sono padrona di nulla Jude, è un miracolo che io sia qui. Una volta terminati questi due mesi che restano, tornerò nella mia cella lussuosa e non potrò più...», mi scappa una lacrima di consapevolezza che mi distrugge perché quella vita non la voglio più.

«Ehi, ehi, per favore. Non sarà così, non può essere così, ragiona. Ormai sei adulta, puoi decidere in autonomia, andrai al college e vivrai la tua vita senza interferenze», dichiara convinto e con distacco. Quel distacco ferisce come una lama affilata il mio debole cuore. Come se in quella vita lui non fosse incluso, mentre per me non esiste pensare al domani senza vederlo, senza un suo messaggio, senza respirare l'odore della sua pelle.

«La vita che ho vissuto finora è quella di cui ti ho appena raccontato, quella che vorrei vivere invece è questa. Una bella casa, una vita semplice ma piena, un lavoro, una famiglia...», abbasso lo sguardo per il freddo che avverto sulla mia mano non appena Jude si stacca da me.

Non avrei dovuto dirlo, si è irrigidito e ha alzato un muro fra noi che mi fa stare malissimo.

«Che cosa ho detto per farti reagire in questo modo?».

«Non sempre le cose che hai elencato ti rendono felice. Possono anche tramutarsi nel peggiore degli incubi», replica apatico, mutato in volto.

«Scusami, non volevo ferirti. Mangiamo», propongo dispiaciuta dalla sua reazione. Devo imparare a pensare a questi due mesi e basta, invece la paura che finiscano sta rovinando il presente e non voglio.

«Non lo hai fatto. Scusa tu», riprende il mio palmo, ci accarezza la pelle del suo volto e poi lo bacia.

«Buon appetito!»

La cena dopo tutto scorre serena, mi rendo conto che Jude ha molti demoni e non sarò io purtroppo a poterli scacciare. La birra cinese per quanto leggera mi ha dato alla testa, sto ridendo come una cretina del nulla e non riesco a smettere. «Piantala principessa, o contagerai anche me», espira una nube di fumo che quasi lo strozza.

«Non ci riesco».

Jude si alza dalla sedia, mi raggiunge, mi carica in spalla e dopo qualche metro mi adagia su quello che credo sia il suo letto. Le lenzuola sanno di lui, nemmeno il tempo di guardarmi intorno che me lo ritrovo nudo e dedito a spogliare anche me. Le sue mani sulla mia pelle sono come la punta di un cerino sulla carta vetrata.

«Conoscerti mi ha fatto riflettere su ogni cosa che mi sembrava scontata, e… sentirsi vivi, desiderati nel modo in cui traspare in questo momento dai tuoi occhi, per me è incancellabile Jude», esalo sul suo ventre scolpito. La sua bocca raggiunge silenziosa la mia che freme un suo bacio, una sua parola che non arriva. Il suo fiato si infrange sulla pelle del mio collo che percorre con la lingua, come a dirmi "sei mia e lo sarai sempre" ma le parole costano care e Jude ne è avaro. Non mi importa, la sua risposta la percepisco dal modo in cui mi tocca, dal modo in cui mi bacia. Non è solo passione, ma un miscuglio celestiale e demoniaco che mi incatena a lui, che non riesco a controllare. L'affinità che ci lega è qualcosa di irrazionale, di peccaminoso, che mi fa vibrare di eccitazione

«Sei bellissima», sussurra.

Il complimento arriva dritto al cuore, facendogli saltare un battito. L'ennesimo per questa giornata. Ho il respiro agonizzante, spezzato dal piacere, a malapena riesco a mugolare… Jude è meraviglioso, passionale, da capogiro. Così come il suo profumo. Tutto questo mix mi fa perdere la ragione.

La sua mano scivola dai miei glutei alla nuca, mi tiene connessa e stretta a lui. Sento il marchio del suo calore sul ventre. Una pioggia di passione si riversa sulle mie cosce e non è ancora entrato dentro di me. È tutto così sfocato e surreale. Un intenso brivido sulla pelle mi fa tremare nel momento in cui la sua lingua si attorciglia al mio punto debole.

«Così principessa», mugugna con la lingua impegnata a regalarmi piacere.

La vita ha due regole, che possono essere invertite come più le piace: prima si vola e poi si cade. Per Jude, probabilmente, ancora l'equilibrio tra le due non esiste, o la perdizione in una sola, dato che lui vive pressoché nel passato, mentre io posso affermare con certezza di ritrovarmi nella prima categoria. Di star volando insieme a lui. Spero solo che la caduta non sia troppo rovinosa e che non avvenga troppo presto. Ho ancora bisogno di tutto questo.

19. Gara

La vita è un gioco, giocala!

Jude

Nolan e gli altri ci attendono davanti alla fiumana di gente che è già impegnata a bere, a conversare e a sganciare bigliettoni per la scommessa.

Faith scende, mi bacia davanti a tutti e questo mi rende dannatamente orgoglioso. Poi raggiunge Sue e le altre ragazze che le hanno portato il cambio. Io, stordito da quel bacio, attendo l'arrivo di Nolan in sella alla moto perché se dovessi scendere potrei cadere. *Che mi stai facendo piccola milionaria?*

«Ehi, ciao fratello, sei davvero sicuro di partecipare?», Nolan mi risveglia dai pensieri.

«Perché?»

«Uno: perché sei cotto di quella ragazza, e il suo bacio in pubblico ti ha fottuto il cervello. Hai un'espressione rincoglionita stampata in faccia, talmente pronunciata che pari scemo. Due: hai idea di chi saranno i tuoi sfidanti? Da quello che sono riuscito a scucire a Vincent stasera, sarete soltanto in quattro a gareggiare e, ahimè, nessuno di questi vanta un curriculum da elogiare».

«Quelli con un po' di sale in zucca hanno il timore di infortunarsi, dico bene?»

«Sì! Del resto la Mason County si disputerà fra quindici giorni e a meno che uno non sia folle come lo sei tu, si tira indietro», bacchetta severo. «Aspettiamoci la feccia».

«Mi aspetto Veclam, Sirus e Wear», come il Padre, il Figlio e lo Spirito Santo.

«Jude non scherzare».

«Quando c'è di mezzo Chad, solo di merda si parla, e la cosa peggiore è che Faith è irremovibile, vuole partecipare, ti assicuro che ho fatto di tutto per dissuaderla».

«Lo so, me lo ha detto Sue. In ogni caso io e Davon siamo andati su e giù per il percorso almeno dieci volte e pare tutto tranquillo. Certo, la strada è un casino, sempre più dissestata, ma tu andrai alla grande».

«Altrimenti non avrebbero messo in palio 30.000 dollari che a me servono»

«Lo so»

«Cazzo!», sibila Nolan alla vista dei tipacci che avevo previsto.

«Non ti agitare. Chad ha solo gente del genere al suo seguito, conosco i miei polli», dico tranquillo per non agitarlo, quando invece temo per Faith.

Quelle merde non hanno regole, morale, umanità. Nulla. Ma tutto sommato non valgono nemmeno la mia unghia del mignolo. Li incenerirò e incasserò i soldi. Sarà *un'altra vittoria.* Mi convinco delle mie *positive vibes* e mi posiziono sulla linea di partenza dove posso vedere Margaret legata a quello stronzo. Non capisco perché quella ragazza sia caduta così in basso. Era la mia migliore amica e la verità è che mi manca e sono preoccupato per lei.

Finalmente arriva Faith fasciata da una tuta nera identica alla mia, con le stesse ali argentate. *Cazzo!* Ancheggia come una dea e il tessuto aderente me lo fa rizzare nei boxer, *merda!* È talmente bella e sexy da farmi girare la testa. Mi girano i coglioni a vedere la gente sbavarle dietro.

Faith non si tocca! Poi mi concentro sul capo che indossa e penso a come cavolo avranno fatto a procurarsi la tuta identica alla mia.

Ah, già, giusto. Il potere del Dio denaro! Troppo spesso dimentico con chi ho a che fare.

«Non dire una parola!», decreta imbarazzata.

«Sei uno schianto!»

«Oh, per favore! Sue e Wil sono due pazze, si sono recate all'atelier e si sono fatte confezionare questa tuta in sole quattro ore, hanno riempito il pubblico di gadget e tutto questo senza che chiedessi loro nulla».

«Chiamasi amicizia!»

«E invadenza!», ribatte contenta.

«Amicizia! Non hai idea di quanto possa proteggerti questo materiale da una caduta», preciso.

«Davvero?»

«Sì. E non vedo l'ora di festeggiare la nostra vittoria in riva al lago. Ti strapperò questa bella tutina di dosso con i denti, la ridurrò in brandelli e ti farò tremare dal piacere. Sarai tu il mio trofeo e io il tuo, potrai fare di me quello che vorrai principessa», prometto con un ringhio di eccitazione.

Mi ha arrapato, cazzo! Gli occhi di tutti sono concentrati e attratti sul suo culo e sulle tette come calamite. Ruggisco attraverso la manopola del gas, vorrei incenerirli tutti. Faith è *mia, NON si guarda, NON si tocca!* Da regolamento non è consentito conferire con i gareggianti, Davon è stato molto chiaro e infatti tutti si mantengono in silenzio, composti in attesa del via. «Vittoria o meno, ci sarà sempre qualcosa da festeggiare, non vedo l'ora di tornare sulle rive di quel lago», emette incendiata dal desiderio che sento ardere sulla schiena. Vincent si assicura che gli ancoraggi delle groupies siano saldi, le fasce integre, e concede il permesso a Bonnie di avanzare sulla linea bianca. La tensione mi divora. «Reggiti forte Faith, stiamo per partire», decreto. In una frazione di secondo cerco la sua mano che trovo, accarezzo e stringo per poi abbracciare di nuovo la manopola del gas. «Prontissima! Portiamo a casa anche questa vittoria Black Angel», mi incita carica di speranza.

Un istante dopo Bonnie spara dritta nel cielo e un ruggito profondo come un boato che deflagra in aria mi dà la spinta per guadagnare due metri dagli altri. Affondo sulla manopola fino alla fine, guadagno più terreno possibile prima dell'arrivo delle curve, perché lì sono obbligato a rallentare e poi piegare. Quello stronzo di Wear sta dietro a Sirus, Veclam ancora dietro di loro. Cerco di concentrarmi solo sul mio percorso. La strada è dissestata. Entro in un pezzo sterrato alzando una cortina di polvere sugli avversari, mantengo le miglia che servono per raggiungere una schiacciante vittoria, svolto a sinistra, poi a destra; inclino la moto. Faith è armoniosa con i miei movimenti, li asseconda senza paura, non sento affatto il suo peso. È come se viaggiassi da solo, ma con più stabilità del mezzo.

***

Faith

Correre e gareggiare con Jude è come entrare in una dimensione dove esistono soltanto velocità e adrenalina, e non più il mondo circostante. *È pazzesco!* Del resto, che cosa non lo è con lui? Ho i brividi sulla pelle e la schiena distrutta. Da circa tre/quattro miglia la strada è nettamente peggiorata e ho paura di disintegrarmi. Spero non manchi molto, perché non ho più resistenza nelle gambe. Mi alzo e mi abbasso allo stesso ritmo di Jude che sembra essere una molla. È davvero bravo, sprecato per questo. Se avesse gareggiato a livello mondiale di sicuro non avrebbe avuto rivali. Oltre la nube di polvere intravedo qualcosa di strano, una moto che non era in gara scendere da un dirupo. Allungo il collo rimanendo in armonia con la guida di Jude, dalla corporatura sembra un uomo ed è molto vicino a noi. Non ne ho motivo ma qualcosa mi dice che non è normale. Un drone vola sopra di noi, Jude se ne accorge e devia per una strada a dir poco fuori mappa e fuori da ogni grazia di Dio. Mi sento sulle montagne russe ma so che devo resistere perché quell'uomo è lì per noi, forse solo per me. In un secondo tempo scorgo Chad raggiungerlo, accostarlo, e poi investirsi a vicenda con le moto, quindi immagino che non sia in combutta con lui.

Merda! Chi diavolo potrebbe mai essere?

Che vuole da me? Jude sembra essere concentrato sulla guida, sta tirando al limite, ha messo molta distanza da loro, ma poi il tipo recupera terreno e si avvicina sempre più. Ha un coltello in mano. Mio Dio. Ed è puntato su di me.

«Jude!», grido terrorizzata.

L'eco delle mie grida si concentra nel piccolo abitacolo che avvolge il mio capo. Lui non fa un verso, continua a correre, siamo incredibilmente vicini al traguardo che ha raggiunto non so come. C'è un piccolo corso d'acqua che ci divide dalla linea del traguardo, ci siamo quasi, ma quell'uomo si abbassa all'altezza del mio addome e con la lama affilata di un coltellino che tiene stretto nella mano, taglia la cintura che mi tiene legata a Jude e mi strattona nel momento in cui la moto impenna per saltare il ruscello e tagliare il traguardo. Volo e vengo catapultata in acqua che subito entra nel casco privandomi d'ossigeno, mi sento morire. È finita.

***

Jude

Taglio il traguardo con Faith tramortita in acqua. La gente è ammutolita dalla scena, gli altri due gareggianti arrivano a raggiungere la meta senza Wear alle calcagna. Odo le grida di Sue avvicinarsi, ma io non aspetto nessuno, mi butto e cerco di raggiungerla a nuoto; urlo a squarciagola il nome di mia madre, invoco il suo aiuto con la promessa che se mi restituirà Faith sana e salva andrò avanti con la mia vita e smetterò di autocommiserarmi.

«Mamma per favore, aiutami o la mia vita finirà con la sua», nuoto a perdifiato fino a intravedere il suo corpo trascinato dalla corrente e allineato a un tronco che la tiene sul pelo dell'acqua.

«Grazie, mamma! Grazie, Dio!».

Noto che ha ancora il casco in testa e sembra totalmente priva di sensi.

«Eccomi amore, perdonami, perdonami. Adesso respira, respira per me ti prego», la supplico disperato, sfilandole il casco. Quel maledetto dolore della perdita, del terrore torna di nuovo a galla ed è lacerante. Ma adesso devo essere lucido e riportarla da me.

Mi appoggio al fusto, la stendo e le pratico il massaggio cardiaco finché non butta fuori l'acqua dai polmoni e riprende i sensi. Faith tossisce, si aggrappa a me e piange terrorizzata. *Dio ti ringrazio!*

«Jude», pronuncia il mio nome con le pupille dilatate e un buco nero che ci vortica dentro.

«È tutto finito, calmati, ci sono io con te», emetto con il volto deturpato dal terrore e dalla rabbia.

Accecato dall'odio che provo per quella feccia umana. Cerco di non perdere la testa, lei ha bisogno di me. La stringo in un abbraccio caldo, l'accarezzo e le faccio una promessa:

«Troverò quell'individuo e lo ucciderò con le mie mani», fosse l'ultima cosa che faccio. Nessuno, nessuno farà ancora del male a Faith.

20. Amore, presa di coscienza e decisioni.

Faith

Dopo lo scalpore che ha fatto la notizia dell'altra notte ho temuto seriamente che fosse arrivata anche ai miei genitori, che per fortuna continuano a chiamarmi e a trattarmi come se nulla fosse accaduto. Questo mi fa stare tranquilla. Sono molto combattuta. Da un lato, vorrei chiamare Jonathan, la mia guardia del corpo personale, e chiedergli di raggiungermi e occuparsi segretamente della mia sorveglianza. Equivarrebbe a essere più serena. Dall'altra, mi terrorizza l'idea di riprendere la vita di prima, che so non essere vita. Nel dubbio non faccio niente. Resto accanto a Jude che da quella sera non è più lo stesso, si è addossato la colpa della mia aggressione e non mi lascia sola nemmeno per un istante. Non siamo riusciti a individuare l'identità del soggetto con cui abbiamo avuto a che fare, e dal momento che Chad e Margaret sono finiti in terapia intensiva dopo il volo di sessanta piedi che hanno fatto a causa sua, brancoliamo nel buio. Ho mille pensieri che mi balenano per la testa, ma voglio ancora sperare che si sia trattato di un caso isolato. Ho dovuto cacciare Sue a male parole, voleva rinunciare al suo appuntamento con Nolan per stare con me, quando io sono sempre incollata a Jude. Per fortuna che quella lama non mi ha sfiorata e che Jude è arrivato in tempo. Adesso stiamo litigando proprio perché lui non ne vuole sapere di portarmi alle prove per la seconda gara e io invece voglio andarci.

«Non è sicuro per te, non è prudente, guarda che cosa è accaduto. Non voglio perderti Faith. Non puoi pretendere che io ti porti con me, non stasera», cerca di farmi ragionare mentre invece io mi sto per spazientire.

«Credi davvero che lasciandomi qui io sarò al sicuro?»

Jude si rinchiude in una specie di mutismo, e poi cede.

«E va bene, non ti lascerò qui da sola. Chiederò a Davon di sorvegliarti, è uno scimmione temuto da tutti, sarai alle prove ma non in sella», decreta irremovibile.

Cosa? Non esiste! Nessuno oltre me cavalcherà la sua sella.

«E con te chi ci sarà?», indago un po' spaventata e un po' inviperita.

«Nessuno! Guiderò da solo», precisa passandosi la mano sul mento, consapevole e compiaciuto della mia gelosia.

«Per questa sera farò come dici, ma domani…»

«Domani sarà come oggi. Non metterò a repentaglio la tua vita per una gara clandestina di cui non ho alcun interesse se non per i soldi che mi servono unicamente per…», si blocca dopo essersi reso conto di essere andato troppo avanti con il discorso.

«Per?», provo a invitarlo a continuare a parlare ma non sembra tanto entusiasta di proferire parola. Non insisto ma il fatto che non me ne voglia parlare mi intristisce.

«Non voglio gravare su mio padre con i miei progetti», si limita a dire.

«È bello che tu abbia dei progetti, spero un giorno vorrai condividerli anche con me».

«Certo che lo farò, ma ancora è troppo presto», chiude il discorso con una mezza verità, ma almeno non mi ha mentito.

«Usciamo? Ho voglia di un grassissimo hot dog, l'ultima volta quelli di Dug erano la fine del mondo», propongo affamata.

«E hot dog sia!», avvolge i miei capelli in una matassa attorno alla sua mano, mi cattura e mi bacia profondamente.

«Ho avuto paura di perderti, Faith», esala provato. Le sue parole mi arrivano dritte al cuore. Il turbamento che prova scatena in me una disperata voglia di sentirlo dentro, di dirgli che lo amo, perché sì, mi sono innamorata follemente di lui, e l'ho capito nell'istante in cui ho ripreso a respirare tra le sue braccia.

«Non succederà mai», mormoro sulla sua bocca famelica di avermi e che poi, mi cattura in un nuovo bacio insaziabile.

Jude mi arpiona i fianchi ancorandomi a lui, i suoi occhi si posano sui miei e ci scorgo del tormento nei loro abissi. Il suo pollice scorre sul mio viso, poi scende rovente giù per il collo, questa volta in maniera rude, fino a concentrarsi sull'apertura della camicetta di seta che mi strappa, in un secondo momento, di dosso.

«Questo corpo Faith…», ringhia ipnotizzato dal mio odore, dai miei respiri che si accavallano folli uno sull'altro.

«…Non dovrà mai più toccarlo nessuno», emette pazzo di gelosia e di terrore che qualcosa vada storto e che tutto gli sfugga di mano.

Lo stesso terrore che provo quando penso al tempo che ci resta da stare insieme e al dopo. Almeno ora siamo in due a provare le stesse sensazioni, a condividere le stesse paure.

«A meno che non sia tu a volerlo», dice fisso su di me in attesa di una mia reazione.

«Ti amo, Jude», rivelo fottuta da questo immenso sentimento mai provato prima.

Le sue iridi, che prima sembravano due punte affilate di iceberg, ora paiono essere sciolte in due lagune blu baciate dal sole californiano. Il suo pomo d'Adamo si abbassa e si rialza, la sua bocca si dischiude lasciando uscire solo aria.

Non importa.

So che mi ama anche lui.

Che lo ha emesso afono ma che il mio cuore è riuscito perfettamente a udire, che la mia rivelazione lo ha lasciato stordito, immobile, ma incredibilmente felice. Per una volta prendo l'iniziativa, sono io ad avvicinarmi a lui, a circondargli i fianchi, a premere sul mio corpo il suo sedere e catturare la sua bocca. Ed ecco la sua lingua setosa aggrovigliarsi alla mia, facendomi cedere le ginocchia. Tutto il mio corpo vibra di desiderio per lui.

***

Jude

Mi ama, lo ha ammesso proprio sulla mia bocca, occhi negli occhi, e io? Non sono capace di rispondere che l'amo da impazzire. Mi sono impietrito come un fossile e sto gestendo la felicità e il terrore che hanno preso a vorticare dentro di me. Lascio quindi che sia lei a toccarmi, a baciarmi. *Cristo santo, Jude, reagisci!*

La paura non può averla vinta, non ora che lei ha dichiarato i suoi sentimenti. Vorrei essere dolce invece il mio corpo ha deciso di marchiarla nel modo in cui per lei sarà impossibile dimenticarmi.

Sono un animale. Un animale innamorato e terrorizzato. La spingo contro la parete della mia stanza per poi irrompere follemente sulla sua bocca, sui suoi capezzoli esposti. Faith inclina il collo, libera un grido, affonda le dita sulla pelle dei muscoli imbrattati di inchiostro delle mie braccia, mentre io continuo a divorarla senza darle tregua. Nei suoi occhi imperversa una tempesta, nei miei l'inferno che solo lei sa scatenare su di me a tal punto da rendermi folle. La mia lingua è abile e insaziabile di quell'odore, di quella consistenza, di quelle reazioni che ho paura di consumarla. Non credevo che il mio uccello potesse diventare più duro di quanto lo sia ora, quasi a spaccare la zip dei jeans e premere contro di lei.

«Jude», supplica infervorata.

Emetto una risatina e affondo i denti su un lato della sua gola, fomentato dai suoi gemiti, dall'ondeggiare dei suoi fianchi contro la mia erezione, dalle sue dita sulla nuca. L'urgenza di invadere la sua grotta idilliaca mi divora. Le mie dita si posano sulla vita dei suoi jeans fottutamente aderenti, sulla pelle liscia e tiepida che sto cospargendo di brividi a ogni mio tocco. A farmi totalmente impazzire è l'elastico di pizzo nero delle mutandine che esce un po' fuori e adorna le sue curve oltraggiose.

«Sei così dannatamente bella», soffio sulla sua bocca che sa emettere solo gemiti. Un'espressione ribelle che la rende dannatamente sexy le passa sul viso incenerendo ogni mio buon proposito di non scoparla a sangue.

«Non fermarti, scopami Jude, fallo come fai con le altre donne. Senza pietà», pretende ubriaca del mio essere. Non me lo faccio ripetere due volte. La spoglio, la trascino sul mio letto, lecco infervorato le sue cosce fino ad arrivare al fulcro che catturo con la lingua, ma Faith si ribalta in un sessantanove dove con la bocca inghiotte il mio sesso a un ritmo talmente serrato da lasciarmi incredulo e fottuto. Continuiamo a leccarci e succhiarci a vicenda fino a venirci in bocca per poi sgonfiarci l'una sull'altro. Senza dirci una parola, ma stretti stretti nel groviglio delle nostre braccia sgomenti per l'irruenza e la passione data.

«Ti amo anch'io, Faith Rockfeller», emetto pazzo di lei.

***

Faith

Mi ama, Dio ti ringrazio! Mi ama anche lui, l'ha appena detto e io non lo dimenticherò mai come non dimenticherò mai il punto in cui ci siamo spinti. Dopo aver fatto l'amore per oltre due ore, la fame ci ha obbligati ad alzarci dal letto e raggiungere Dug e svaligiare parte del furgone. A tavola ci siamo guardati come mai prima d'ora e ho capito che l'amore ci ha investiti come un treno in corsa e che da ora in poi siamo disposti a fare di tutto l'uno per l'altra. Abbiamo riso, ci siamo baciati con la bocca piena, ci siamo leccati le labbra sporche di salse e siamo stati alle prove dove Jude ha fatto il miglior tempo. Mentre lui correva ho disposto un bonifico di trecentocinquanta mila dollari a favore della sua fondazione, con la causale: *Credo in te.* L'ho fatto perché spero un giorno di poterci lavorare io stessa. Nulla finora mi entusiasmava tanto quando pensavo al mio futuro, a cosa avrei potuto fare da grande, mentre invece stanotte ho capito che è questa la mia missione. Un lavoro utile a favore dei più sfortunati, accanto all’amore della mia vita che sicuramente diventerà un chirurgo eccellente.

21. Trame

Faith

«Sul serio desideri portarmi con te all'UCLA?», dico emozionata nel momento in cui Jude me lo propone.

«Sì! Non vedo l'ora di presentarti a mio zio e portarti a conoscenza del programma che svolgerò lì», replica pulito in volto.

«Miami e Los Angeles non sono proprio vicine, ma avendo più jet privati, non credo sarà un problema. È la prima volta che sono contenta di essere chi sono», cinguetto felice come non lo sono mai stata.

«Il college lo frequenterai a Miami? Hai deciso?», domanda perplesso.

«Veramente no, ancora non ho deciso. Vorrei studiare diritti umani e minorili, fare esperienza, che so, magari proprio in una fondazione che si occupa di questo», lancio l'esca.

«Onorevole Faith, ma come farai con la tua famiglia? Hai il dovere di un colosso da portare avanti, non credo ti sia concesso guardare altrove. Sarebbe un peccato».

«Beh, potrei fare entrambe le cose, magari con l'aiuto di un marito…»

«Un marito?»

«Certamente! Ho sempre desiderato un marito e dei figli, un giorno non troppo lontano avrò tutto questo e vivrò la mia vita in una casina in riva a un lago, accanto all'uomo che amo», *che spero sia tu*, ma questo non posso dirlo ad alta voce. Sono sicura di farti scappare.

«L'uomo che ami sono io in questo momento, e si dà il caso essere a un passo dal diventare un chirurgo, ma tu hai solo diciotto anni, ben dieci meno di me, e quando vorrai dei figli, io ne avrò quasi quaranta», sottolinea nel momento in cui prende distrattamente una camicia e la sistema ordinatamente dentro la valigia.

«Chi ti ha fatto credere che voglio dei figli a trent'anni? Ho sempre desiderato averne da giovane, molto giovane. Figli nati dall'amore, dalla passione e da tanta, tantissima attività sessuale», dico ferina posizionando le mie mani sulle spalle ampie celate da una camicia bianca di seta che gli ho regalato proprio ieri.

«Attenta reginetta del petrolio perché potrei scoparti così forte da farti rimanere incinta all'istante», grugnisce con la patta dei pantaloni gonfia. Non c'è nulla da fare, insieme a lui divento una piccola degenerata con in mente le peggiori fantasie sessuali. Il tempo di una parola e sono già con la bocca a circondare la sua lunghezza che è marmorea.

«Oh, cazzo Faith», il mio nome gli si strozza in gola. Adoro esercitare del potere su un uomo talmente bello che non mi pare vero. Adoro il modo totalizzante con cui mi guarda quando sono sotto di lui a provocargli un piacere devastante.

Adoro vederlo sgonfiarsi su di me e abbracciarmi come se non ci fosse nulla di più bello, nulla di più importante che rimanere intrecciati per ore.

Adoro questo istante dove si stacca dilaniato dal desiderio, dalla mia bocca, mi stende su qualsiasi superficie presente e mi distrugge con la sua lingua e poi con il suo cazzo.

«Signorinella, attenta a giocare col fuoco. Inneschi la miccia e poi ti prendi una gran dose di cazzo», borbotta con la lava che gli ribolle nelle vene.

Jude è instancabile. Bello. Uomo. Irresistibile. Abile. Proibito. Fottutamente megadotato. Se dipendesse da me sarei già incinta di due gemelli. O forse tre.

«Durante il volo ci metteremo d'impegno a cercare il giusto college per te, poi tra una sessione e l'altra ti scoperò talmente tanto e ti metterò incinta se sarà ancora nei tuoi desideri», sibila sul mio capezzolo destro tra un morso e l'altro.

«Uhm, mettimici adesso», lamento incendiata.

«È troppo presto, ci conosciamo poco. Prima dobbiamo uscire, vivere, desiderarci, fare l'amore... quelle telefonate sdolcinate date dalla nostalgia. Però ti prometto che se staremo bene insieme, avrai un'intera squadra di calcio dal sottoscritto».

«Ti amo, Jude Shell, e ti assicuro che tra un mese o due ti amerò ancora di più, e sarò io a darti tutti i figli che vorrai», prometto con il cuore che scoppia al solo immaginarmi piena di lui.

Pochi istanti dopo, travolti dalla passione, veniamo interrotti dalla suoneria di mia madre alla quale non posso evitare di rispondere.

«Scusami», mi stacco da lui maledicendo il telefono e forse anche mamma.

«Buon pomeriggio, tesorino della mamma. Dove sei?», domanda dolce quanto invadente. So che con il fiatone che ho devo inventarmi qualcosa di plausibile.

«Ciao, mamma, come stai?», prendo tempo mentre la mia fantasia cerca di inventare il luogo giusto da dire.

«Bene, tesoro, io e papà siamo in Pennsylvania».

Il più lontano possibile dalla sottoscritta. *Ottimo!*

«Io, invece, sono andata a studiarmi alcuni programmi universitari alle Falls, e ora sto tornando giù a piedi», mento spudoratamente torturata dalla lingua di Jude che serpeggia su ogni parte sensibile di me. Vorrei lanciare in aria il telefono e perdermi in lui, ma devo prima finire questa conversazione.

«Che brava è la mia bambina, sono orgogliosa di te. Ti passo papà, ti voglio bene».

«Come sta il bruscolino più adorabile della terra?», domanda felice di sentirmi, mentre io tappo con la mano il microfono per non fargli sentire il gemito strozzato che mi sfugge nel momento in cui il mio biker penetra la mia intimità con due dita.

«B-benissimo papino, tu?», mi stendo sulla morbidezza del materasso che subisce il mio peso, con le gambe divaricate e i piedi arricciati.

«Bene anch'io tesoro. La prossima settimana verremo a farti una sorpresa di due giorni, sei felice?»

NO.

NO.

NO.

Maledizione!

«Che bello, non vedo l'ora!», mento un po' incazzata. Un po' terrorizzata, un po' scioccata, soprattutto in pena perché proprio la prossima settimana si disputerà la seconda gara. Ho un brutto presentimento.

«A presto, pesciolina».

«A presto papà», chiudo con il cuore in gola e un'ansia anomala che mi pervade.

Cerco di non farmi capire da Jude che è concentrato su di me, ma fatico a ristabilirci la connessione, perché i pensieri sono altrove, e mi abbandono all'idillio che deriva dal farci l'amore.

E adesso come cazzo faccio?

***

Giunti all'UCLA attendiamo l'arrivo di suo zio. Alla fine ci hanno seguiti anche Sue, Nolan, Wilma e Clifford Ingram. Già, un mega nerd che ha abbordato durante le prove della Mason County. Bruno, occhi verdi, corporatura media, in quanto fratello di un degno concorrente di Black Angel, soprannominato Green Snake. Inutile dire che in meno di un mese e mezzo le vite di tutti e sei sono cambiate radicalmente e in meglio. Il fatto che ci abbiano tenuto tutti ad accompagnare me e Jude mi rende euforica e meno colpevole. Ultimamente sono stata quasi sempre con lui in attesa del risveglio di Margaret e Chad.

«Ragazzi, noi intanto andiamo a casa mia. Ci vediamo all'ora di pranzo al Sand», fa presente Sue prima di entrare nel taxi e raggiungere la sua casa di Los Angeles.

«D'accordo, a dopo!», la salutiamo.

Sue è un portento e accanto a Nolan brilla di luce propria.

Mi stringo a Jude, lo bacio innamorata persa, fantastico sulla bellezza della nostra vita insieme, sul fatto che la nostra intimità è diventata subito idilliaca e che lui mi ami quanto lo amo io. Che mi abbia voluta con lui. Che faccio parte dei suoi progetti futuri. A pesarmi sul cuore però purtroppo, c'è il pensiero dei miei genitori che hanno altri progetti per me, e che probabilmente uno come Jude non lo accetteranno mai in famiglia. In aereo abbiamo visto e vagliato molti orientamenti, e forse, di tutti, solo un paio sono quelli giusti per me, ma sicuramente non per loro. Ma ora siamo io e lui, qui a Los Angeles, dove tutto sarà perfetto e non permetterò a nessun presagio negativo di rovinarci questo weekend. Jude è appena entrato, suo zio mi pare un tipo a posto, mi ha invitata a seguirli, ma questo momento è solo suo e non voglio risultare come la fidanzatina appiccicosa. Approfitto per entrare in segreteria, leggo gli orientamenti, i vari corsi e devo dire che i programmi sono molto interessanti. Se Jude fosse assunto da questo ospedale, io potrei studiare qui vicino a lui e cercare una degna sede della fondazione. Ancora non si è reso conto di avere i fondi per iniziare alla grande. Il tempo scorre senza che me ne renda conto. Sono quasi le una e lo stomaco brontola. Estraggo dalla borsetta il mio iPhone e controllo se è arrivato qualche messaggio. Ne conto oltre sei. Due di Sue, tre di Jude, uno di mia madre. Apro soltanto quello di Jude che mi ha appena scritto di aver terminato e che mi attende all'ingresso principale.

«Ehi, com'è andata?», lo abbraccio e gli accarezzo l'ovale del viso.

«Il reparto è all'avanguardia, molto di più di quello che immaginavo. È un'opportunità irripetibile e sono felice di esserci rientrato», ammette appagato.

«Te lo sei meritato, adesso dimostrerai a tutti quanto vali, amore mio», lo bacio. Poi vengo sbeffeggiata dalle urla che emette il mio stomaco che fanno ridere di gusto il mio dottore.

«Stai morendo di fame, piccola magnate del petrolio! La tua famiglia potrebbe sciogliermi nell'acido per questo», ironizza, ma io so che sarebbero capaci di farlo per molto meno. Mano nella mano, raggiungiamo il taxi che ci attende fuori e, comunicandogli l'indirizzo, ci facciamo portare dai nostri amici, felici come non mai.

22. Los Angeles

Jude

Non sono mai stato in un posto esclusivo come il Sand dove ogni portata ha un costo minimo di centocinquanta dollari. Dove il lampadario che illumina la chioma ambrata di Faith varrà a occhio e croce sui trecentomila. La sedia rivestita di seta dove siedo, almeno cinquemila.

Che situazione di merda.

Stritolo il foglio del menù tra le mani in attesa che qualcuno si pronunci. Leggo il mio stesso imbarazzo negli occhi e nelle espressioni di Nolan, Wil e Clifford, ma conoscendo Sue e Faith, non credo ci faranno mai tirare fuori un solo centesimo. Lo spero a dire il vero. Questa storia mi mette un po' a disagio, ma è anche vero che Faith è sempre stata ben disposta a frequentare i fast-food e tutti i luoghi semplici che le ho proposto, al punto che non posso biasimarla se ogni tanto vengono a galla le sue abitudini culinarie raffinate. Anzi, sarei uno stronzo se non l'assecondassi.

«Ragazzi, ordinate tutto quello che volete. Oggi siete miei ospiti!», ci incoraggia Faith polverizzando l'imbarazzo.

«Che bello, diamoci dentro!», ironizza Sue.

«Dobbiamo festeggiare qualcosa?», domanda Wilma.

«In effetti, qualcosa da festeggiare c'è...», replica voltandosi verso di me che non colgo al volo.

«Ho scelto la facoltà dove studierò per i prossimi anni», sgancia la bomba che ci ammutolisce per alcuni istanti, in attesa che parli.

La osservo interdetto, anche se a sensazione, immagino abbia trovato quello che stava cercando proprio all'interno dell'UCLA.

«Gestione e incremento dei fondi finanziari, mi sono iscritta!»

«Wow! Finalmente Faith hai trovato la tua strada, sono così felice! Beh, direi che urge dello champagne! Cameriere?», esclama Sue sinceramente felice per la sua amica. Il ragazzo più giovane che è stato assegnato al nostro tavolo ci raggiunge e serve una bottiglia di preziose bollicine. Ed è subito festa, un bel pranzo pieno di leggerezza e amicizia, quella che con gli anni avevo dimenticato esistesse. Eppure in loro trovo tutto questo.

«Propongo montagne di zucchero filato al luna park, un giro sulle giostre, una visitina allo zoo e poi doccia!», irrompe Nolan.

«Che bello, io ci sto!», afferma Wilma.

«Ottima idea!», sorride Sue.

Io e Faith ci guardiamo e scoppiamo a ridere. Poi allungo il collo all'altezza del suo orecchio sensibile e le faccio una proposta che la fa avvampare all'istante. «Ho sempre avuto la fantasia di scoparmi la donna dei miei sogni al luna park. A pensarci bene, con te potrei farlo in entrambi i luoghi», soffio un vento caldo che la incendia all'istante. L'eccitazione è talmente palpabile tra noi che Faith è costretta a stringere le cosce, e la mia voglia di piantarci in mezzo due dita e leccarle davanti a tutti cresce così tanto da farmelo diventare duro nelle mutande.

Devo frenare gli istinti o potrei fotterla su questo tavolo.

Una volta deliziato di tutte le pietanze sofisticate di cui avevano voglia le nostre donne milionarie, usciamo dal locale per raggiungere lo zoo che è all'interno del luna park.

***

Faith

Le occhiate di certe cagne in calore mi mandano in bestia! Vorrei incollare sulla camicia di Jude un cartello con su scritto "sono impegnato e fedele, tenetevi addosso le mutande!" Cerco di fare la disinvolta anche se ho appena contato la quarta zoccola che fa gli occhi dolci a colui che è ufficialmente il mio fidanzato. Accanto alla ruota panoramica c'è il palco dove Taylor Swift si è esibita tre ore fa, con ancora il personale tecnico al lavoro e una squadra della CNN che fa le ultime riprese. Lancio un'occhiata a Sue che capisce al volo e mi fa cenno di tirare dritta invece di voltare a sinistra. Strattono leggermente Jude con la scusa del furgoncino delle caramelle di cui sono disperatamente golosa.

«Guarda, ci sono i marshmallow alla ciliegia!», indico contenta come una pasqua.

«Che schifo!», replica burlandosi di me, ma mi asseconda con il portafogli in mano.

«Scherzi, vero? Sono stellari!», ci avviciniamo, ne acquistiamo un sacchetto e raggiungiamo gli altri che si sono messi in fila per la casa delle streghe. Ho la bocca piena di zucchero e coloranti come una bambina, adoro la ciliegia e non so davvero regolarmi. Jude sorride divertito mentre mi guarda abbuffarmi. Arrivato il nostro vagone saliamo a bordo, ognuno nella propria navetta che sembra una pallina nera richiudibile. Saliamo e non appena il portello oscurato si abbassa Jude mi sfila le mutandine e mi posiziona su di lui. Porca puttana, mi ha colta alla sprovvista!

«C-che fai?», domando incredula.

«Vediamo se indovini… Uhm», mi penetra col suo uccello pieno di furia e inizia a fottermi come un depravato. Non ho il tempo di reagire che il mio corpo si è appena adattato a questa degenerata passione. *Cosa mi fai Dr. Jekyll!?*

Dio che spettacolo! Sono come una foglia in balia del vento, fottuta da un uomo sfrontato quanto idilliaco. Mi sento friabile al suo tocco e persa nei suoi affondi.

«Jude, Jude», cantileno il suo nome in preda agli spasmi di un orgasmo che mi sta per spaccare in due, fino a farmi sciogliere su di lui cosparsa di brividi per quello che è stato in grado di farmi provare in una sola manciata di minuti. Grido di piacere incurante dell'ambiente in cui mi trovo, ma graziata dagli stridii di streghe e mostri vari, oltre quelle del pubblico. Subito dopo Jude estrae la sua erezione che cola fiotti di candida lava che mi riversa sensuale, come solo lui sa essere, in bocca. *Santo Dio, che stiamo facendo*!? Boccheggio come un pesce rosso, prima di congiungere la mia bocca con la sua e piangere a causa delle mille emozioni che mi hanno appena rubato l'anima, il cuore e infine la ragione.

«Ti amo, piccola petroliera», emette straziato dal piacere.

Una voce baritonale associata a dei rumori sovrapposti, simili a quelli degli spettri, che sfocia dalle casse della filodiffusione ringrazia i partecipanti e invita a tornare di nuovo. Cristo santo, se non avessimo raggiunto l'orgasmo in tempo saremmo stati la testata giornalistica di domani!

Non voglio nemmeno pensarci.

«Ti amo anch'io, Dr. Jekyll», rispondo ancora stordita da quanto siamo stati capaci di fare in un minuscolo spazio vitale e dentro a un gioco a luci rosse.

«Non sai che cosa ha in serbo per te Mr. Hyde», ghigna con le iridi ancora inondate dall'inferno dei suoi più reconditi desideri.

«Oh», replico sconcertata.

Tre, due, uno… l'oblò si apre liberando nell'aria l'odore di sesso e di complicità che aleggiava intorno a noi, per restituirci ai nostri amici che sono tutti concentrati sull'atrocità delle gesta di alcune streghe, che noi, per ovvie ragioni, non abbiamo visto. Scendiamo decisamente rincoglioniti, ma a nessuno verrebbe mai in mente di pensare a cosa si è appena consumato là dentro.

Cerchiamo di stare al gioco, rispondiamo ai commenti su quanto era spaventoso pur non avendo visto nulla, anche se, a dire il vero, non vediamo l'ora di rimanere di nuovo da soli e continuare all'infinito quello che abbiamo iniziato.

Wilma scatta un sacco di foto e di selfie durante la serata che si conclude dopo il bagno con i delfini e la pizza da Hut. Rincasiamo tutti stanchi morti dopo aver ammirato il tramonto in riva al mare. Mentre sono sotto la doccia penso che mi sono persa troppe belle cose e che non lo farò mai più. A giudicare da come si è divertito oggi Jude, credo che Los Angeles sia il luogo giusto dove mettere le basi per la nostra vita insieme.

Ah, che roba pazzesca è l'amore!

È proprio vero che muove il sole e le altre stelle.

Sono talmente persa nelle mie elucubrazioni da non accorgermi che il mio bellissimo motociclista ha finito di farsi la barba ed è uscito dal bagno. Difatti bussa al box doccia e «Ti aspetto di là, piccola», mi informa. Così mi sbrigo a raggiungerlo perché voglio continuare a perdermi tra le sue braccia e ad annegare nelle sue carezze. Voglio godermi ogni secondo in sua compagnia, senza sprecarne nemmeno un centesimo. Ma quando penso di aver trovato un equilibrio, ecco che tutto si disintegra in un misero istante. Ecco che la vita mi ricorda cosa vuol dire essere una Rockfeller. Purtroppo certe cose non puoi dimenticarle, anche se io è da quando sono nata che ci spero. Il mio telefono squilla proprio nel frangente in cui sto indossando le mutandine, e quando mi accorgo che papà mi sta videochiamando la bolla in cui mi ero chiusa si rompe, facendomi trasalire. Meno male che ho portato il telefono con me, altrimenti se non avessi risposto subito sarebbe scoppiato un casino. Perciò finisco di vestirmi, raccolgo la chioma indisciplinata in un telo di spugna e mi piazzo davanti allo schermo.

Perché mio padre mi invia una videochiamata?

Questa cosa non mi fa stare tranquilla però tento di risultare il più serena possibile quando premo sul pulsante per accettare.

«Papà!», esclamo prima ancora che mi si palesino davanti. Spero solo che non facciano domande riguardo alle condizioni in cui versa la mia faccia stravolta, che sono il riassunto di ore di sesso, sesso e ancora sesso.

«Tesoro!», esultano all'unisono.

Merda, c'è anche mia madre!

«Dove sei stata stasera con i tuoi amici? Ti stai divertendo lì a Los Angeles?», domanda mamma curiosa, e so perfettamente che da adesso in poi comincerà il mio calvario.

«Sì, siamo appena tornati dal luna park e siamo sfiniti. Infatti stavo per andare a dormire», affermo divagando.

«Perché non mi hai detto nulla? Potevate stare in villa», inizia con il terzo grado.

«In realtà abbiamo accompagnato un amico di Nolan che deve iniziare a fare il tirocinio in ospedale e Sue ha messo a disposizione la sua casa che è proprio sulla baia».

«So perfettamente dov'è, esattamente a due miglia dalla nostra. L'abbiamo acquistata insieme quindici anni fa. Ma dimmi di quel ragazzo che abbracci nelle foto».

OH, CAZZO, CAZZO, CAZZO!

Perché non deve mai farsi i fatti suoi? Forse perché Wilma ci ha fatto un intero book fotografico e lo ha pubblicato sui social, taggandoci, e io non ho raccontato una parola a riguardo? Forse perché Wilma si comporta da ragazza normale qual è, che anche se non dice qualcosa ai suoi genitori, questi non glielo fanno pesare, che anche se sgarra un poco non è la fine del mondo. Tutto il contrario per chi nasce nelle famiglie come la mia che non ti fanno vivere da persona normale, che qualsiasi cosa tu faccia devi rendere conto a qualcuno, o peggio, chiedere il permesso per qualsiasi cosa. Siamo sempre sotto il mirino, chiacchierati e giudicati, e io sono stanca di avere continuamente il fiato sul collo di papà e mamma. Voglio sbagliare e imparare dai miei errori, ma soprattutto voglio godermi tutto ciò che la vita ha da offrirmi, bello o brutto che sia, ed essere libera di amare Jude alla luce del sole, senza dovermi sentir dire che non è quello giusto per me, che io ho bisogno di un ragazzo economicamente benestante, che non mi faccia mancare nulla e mi riempia di beltà, quando nessuno a parte me sa veramente di cosa ho bisogno o di chi. Certo, Jude non sarà ricco, ma è pur sempre un chirurgo e sono sicura che non starà molto a fare carriera abile com'è. Inoltre si sta rivelando la persona più bella e generosa che io abbia conosciuto in tutta la mia vita e merita cento volte di più di quei palloni gonfiati con cui hanno a che fare tutti i giorni mamma e papà. E vorrei tanto che anche loro potessero vederlo allo stesso mio modo, ma temo che ciò rimarrà soltanto un sogno. Mi viene da sospirare, ma camuffo lo sbuffo con un finto colpo di tosse che mi concede altri due secondi per ragionare bene su cosa rispondere.

«È il chirurgo specializzando che verrà a concludere l'ultimo anno al reparto del trapianto di organi qui a LA», replico poi, attendendo che gli trovi qualche difetto e me lo demolisca in quattro e quattr'otto.

«È molto bello, e un po' grandicello...», comincia e so benissimo che nulla sarà in grado di farla tacere fino a quando non avrà raggiunto l'obiettivo di affossare tutto quello che non le sta bene. Camille Rockfeller è il veleno fatto persona.

«Incredibilmente bello e intelligente, mamma», non ci credo che glielo sto dicendo davvero.

«Si vede da come lo stringi e da come lo baci che hai una cotta per lui, anche se...», odio quando pronuncia le frasi a metà.

Mi manda in bestia.

«Beh, sei ancora molto giovane per una cosa seria, soprattutto così appetibile per il tuo rango».

Grazie mamma, grazie per avermi appena frantumato l'autostima. Sono piccola, ricca e totalmente priva di qualità per pretendere di far innamorare di me uno come Jude. Avrei dovuto sapere che questa sarebbe stata la sua risposta. Mi scappa una lacrima che scende a rigarmi il volto. Mi sento umiliata e lei questo lo vede, come lo vede papà.

«Tesoro, non piangere. Sono cottarelle estive, passerà vedrai, giusto il tempo dell'inizio del college». *Stronza!* «Per me è importante, non è una cottarella estiva, e proprio oggi mi sono iscritta all'UCLA», sgancio la bomba.

«Cosa stai dicendo? Dovevi entrare a Yale».

«No, mamma. Non andrò a Yale. Frequenterò questo college e mi specializzerò in quello che mi piacerebbe fare dopo», replico piccata e irremovibile.

«Per lui?», continua a offendermi. «Dunque è questa la stima che hai di me? Dirmi che un ragazzo come lui mi si avvicina soltanto perché sono ricca sta a significare che mi ritieni brutta e, non contenta di ciò, mi accusi di essermi iscritta al college solo ed esclusivamente per stargli più vicina. Perché secondo te questo è l'unico modo che ho per non essere dimenticata. Insomma, mi hai distrutta, ma grazie. Almeno non hai mentito».

«Ma no tesoro, non hai capito, io voglio solo proteggerti. Alla tua età si fanno molti sbagli, molti errori di valutazione, io voglio solo evitarteli».

«Invece ho capito benissimo cosa volevi dire, non prendermi in giro. Il tuo scopo è quello di tenermi lontana da tutto, quando non capisci che io sono in grado di proteggermi da sola, come lo sono di scegliere la scuola giusta per me, e anche di chi innamorarmi. Ora vi saluto», chiudo la conversazione un po' sollevata e un po' dispiaciuta quanto offesa. Mi fa male sapere quanto poco io valga per lei. Mi ha stancato il silenzio accondiscendente di mio padre quando glielo si legge negli occhi che vorrebbe supportarmi. Sono veramente logorata da questa storia, sfinita a dire il vero. Se non dovessero capirlo entro breve, mi staccherò da loro in modo drastico, anche se ovviamente non vorrei. Sono pur sempre i miei genitori e gli voglio bene, ma la pesantezza di mia madre sta iniziando a diventare estenuante. Torno dal ragazzo che amo e che mi attende nudo sul letto, pronto per un'altra dose massiccia di sesso. La stanza che Sue ci ha riservato è estremamente grande e accogliente, provvista anche di tutti i comfort, ma soprattutto, situata al terzo piano della villa, riparata da tutte le altre stanze, quindi nessuno potrà sentirci. Così come noi non potremo sentire gli altri. Peccato che il mio umore sia stato rovinato da quella maledetta telefonata, ma cercherò di non farmi rovinare quello che di più bello si è creato fra noi. Costi quel che costi, non glielo permetterò mai. Purtroppo quello che mi frega è che non sono mai stata brava a mentire, né a nascondere ciò che provo.

Che urto!

«Ehi, è tutto okay?», chiede premuroso mentre mi metto seduta accanto a lui.

«Sì, ho solo discusso con mia madre per la scelta del college».

«Mi dispiace, ne vuoi parlare?»

«Non solo non approva la scelta del college, ha visto le foto su Instagram di me e di te, e a quanto pare secondo lei non sei attratto da me per quella che sono, ma soltanto dai miei soldi. Capisci? Per lei non valgo nulla. Un ragazzo come te non si avvicinerebbe mai a me se non per il maledetto cognome che porto e i dannati soldi annessi a esso. È triste e umiliante, e mi ha fatto molto male».

«Ascoltare queste parole fa male anche a me Faith, e mi dispiace doverti dire che loro hanno ragione solo su una cosa: io non sarò in grado di darti tutto quello a cui sei sempre stata abituata, perché avrò uno stipendio da chirurgo e tu spendi in un giorno ciò che io forse guadagnerò in un anno. Altrimenti ti avrei detto molla tutto e vieni a stare da me, ma a quale prezzo? Faccio gare clandestine per mettere su una fondazione che porta il nome di mia madre, con lo scopo di aiutare i bambini orfani di madre a sopravvivere e a costruirsi un futuro. Come potrei privarti del tuo impero facendoti vivere una vita semplice? È giusto che la tua famiglia desideri il meglio per te accanto a un uomo che sia al tuo pari», ammette un po' frustrato e questo mi lacera il cuore perché lui rappresenta tutto per me e io non voglio altro.

«Oh, Jude, la tua fondazione, è il mio sogno, ho visto gli incartamenti di sfuggita, e vorrei studiare e poi gestirla insieme a te. Potremo fare un sacco di cose, anche organizzare serate di beneficenza. Diventerai una persona influente, Jude, io lo so, lo sento. Sei destinato a qualcosa di grande e i miei dovranno ricredersi.», lo bacio a fior di labbra, poi continuo a parlare.

«Ti annuncio che ho fatto una donazione per permetterti di aprirla senza che continui a rischiare la vita in pista», ammetto finalmente sollevata di poterlo dire.

«Ricredersi?», dice stizzito, urtato, imbestialito, invaso dalla collera che straborda da ogni poro.

Jude continua a cambiare d'espressione. Non sembra affatto felice di questa notizia, anzi piuttosto incazzato. I suoi occhi diventano torbidi come il mare in tempesta, talmente oscuri e profondi da farmi paura. Un brivido prende a scorrermi sulla schiena quando mi allontana di tutta fretta e si alza in piedi inviperito, pronto a sbranarmi come un leone fa con le sue prede.

Subito dopo sbatte un pugno sul mobilio della scrivania, facendo cadere a terra dei libri poggiati sopra.

Trasalisco.

«Come cazzo ti sei permessa, Faith? E soprattutto, come hai fatto a venirne a conoscenza?»

«Ero a casa tua e mi ci è caduto l'occhio. Non volevo farmi i fatti di nessuno, il faldone era aperto sul divano e quando ho visto il nome della fondazione la curiosità mi ha inghiottita. Ma amore, sei stato così bravo. Hai messo nero su bianco un progetto perfetto, impeccabile», reclamo entusiasta, cercando di non farmi ferire dalla sua brutalità, ma Jude non sente ragioni.

«Il progetto appartiene a me e a mia madre, non ho mai pensato di condividerlo con qualcuno, così come non ho mai pensato di chiedere la carità, Faith. Avresti dovuto parlarmene», afferra il cellulare dal comodino, apre l'app del conto corrente che appartiene alla fondazione e sgrana le pupille, grugnendo ancora più forte.

Le mani mi tremano mentre lo scorgo venirmi incontro. Jude è deluso, e vederlo così mi fa sentire malissimo. Il mio cuore si sfilaccia per la seconda volta nell'arco di pochissimi minuti. Di certo non mi aspettavo una reazione del genere.

«Versando tutti questi soldi volevi arrogarti il ruolo di amministratore? Chi sei davvero, Faith?», continua a umiliarmi, a farmi sentire uno schifo, ma io non credo di aver fatto nulla di male, anzi. Forse ho sbagliato a non dirglielo, a non renderlo partecipe della mia idea, ma non è comunque giusto il modo in cui mi sta trattando. E mi ferisce che non se ne accorga, mi ferisce più di tutto il resto. Non me lo merito.

Ancora una volta, non mi merito il dolore che Jude e i miei genitori mi stanno infliggendo, non me lo merito affatto.

«Perdonami, volevo solo rendere concreto il tuo sogno, aiutarti. Non ho alcuna intenzione di soffiarti niente, credimi», lo supplico disperata, con le lacrime a solcarmi il volto. Mi manca l'aria nei polmoni da quanto sto singhiozzando.

A Jude però non importa nulla, continua a non credermi, a pensare che io sia una stronza approfittatrice; una bambina viziata che si prende ogni cosa desideri quando in realtà non è così. A parte la ricchezza nella mia vita non ho nient'altro, e lui lo sa benissimo.

Con il cuore rotto in mille pezzi, guardo Jude darmi le spalle e sparire sul terrazzo a fumarsi una sigaretta. Non mi ha più rivolto la parola e io sono stanca di parlare con una persona che non vuole ascoltarmi. Quindi me ne vado anche io. Forse stare lontani per un po' ci farà bene. Scendo al primo piano e apro la portafinestra che dà sul mare, raggiungendo la spiaggia. Questo è il mio luogo preferito dove venire a pensare.

***

Jude

Avverto la porta della stanza sbattere, ma non me ne curo. Come ha potuto agire in questo modo alle mie spalle? Vede dei documenti tanto importanti e non me ne parla? Preme un tasto sul conto e cura i mali di un poveraccio come fosse un gioco per lei? *Vaffanculo!* La fondazione è una cosa intima che riguarda me e mia madre. Addirittura pretendere di entrare e gestire... *Questa cosa mi fa impazzire.* Nessuno potrà mai farlo all'infuori di me. Se è così che crede di starmi accanto, mischiandosi nei miei affari quando il suo aiuto non è richiesto, allora vuol dire che non ha capito nulla. Non tutti i capricci si possono comprare. Qui si parla di sentimenti e lei ha ferito i miei. È meglio che pongo fine a questa storia prima che degeneri in "compro anche la tua libertà". La verità è che siamo troppo diversi e se ho pensato anche solo per un istante che le cose potessero andare bene, non sono altro che un povero illuso. Me ne sono persino innamorato. *Che idiota!* Provo una dolorosa fitta al petto al solo pensare di porre fine alla nostra relazione, ma devo chiudere, mi ha deluso troppo. Forse sono stronzo nel dirlo, ma è meglio che ognuno segua sul serio la propria strada. Io a vivere le mie regole e lei quelle sue da ricca. Staremo sicuramente meglio. Ma il mio corpo, la mia mente e il mio cuore la reclamano, percepiscono la sua mancanza ogni minuto in più che trascorro senza di lei, e ciò inizia a diventare insopportabile. Il tempo passa e neanche fumare mi aiuta a placare l'ansia e il nervoso. Seguito a camminare avanti e indietro per il balcone accendendo una sigaretta dietro l'altra. Sono arrivato alla quinta e Faith non è ancora rincasata. Dove cavolo può essersi cacciata? Provo a chiamarla, ma non risponde, così apro WhatsApp per inviarle un messaggio, ma noto che ha pubblicato una foto sullo stato. La apro e mi accorgo che è di circa un quarto d'ora fa. È in riva al mare. Decido di raggiungerla, perché un altro secondo senza di lei non riesco a stare, e anche perché voglio scusarmi e chiarire. Tutto quello che ruota attorno a mia madre mi fa scattare sulla difensiva e non mi permette di ragionare, tantomeno di essere obiettivo. Da quando ho a che fare con Faith non riesco più a essere il Jude duro di un tempo. Forse l'amore mi sta cambiando un po' troppo e devo farci ancora i conti con questa cosa.

Una volta rientrato in stanza, mi preparo per andare da Faith. Indosso un paio di pantaloncini, una maglietta e le mie Adidas Running. Prima di andare, ricompongo il suo numero sul cellulare; finalmente stavolta risponde, ma il suo timbro di voce rispetto a prima è cambiato. Adesso è sfumato dall'alcol e anche dall'incazzatura.

«Perché te ne sei andata? Stai bene?», domando angosciato.

«La mia presenza era di troppo, Jude, lo sai anche tu, quindi che ti frega? Mi hai condannata e crocifissa quando il mio unico scopo era solo quello di renderti felice, invece sei come mamma e papà», singhiozza.

«Torna a casa per favore, ne parliamo a quattrocchi».

«Hai già detto tutto. E anche tu», replica sconsolata.

«Per favore Faith, mi sono sentito ferito, me lo hai nascosto, come avrei dovuto reagire?»

«Lascia stare, si vede che doveva andare così», chiude la conversazione senza darmi il tempo di replicare, ma io non mollo. Due minuti dopo, difatti, scendo in spiaggia e inizio a guardarmi intorno, e tra scogliere e battigia mi rendo conto di aver molto da battere a tappeto. Poi qualcosa in lontananza, nella parte sinistra della spiaggia, cattura la mia attenzione. Luci di mille colori e un falò ravvivano l'ambiente circostante, pompando musica ad alto volume. Mi avvicino, magari Faith si trova da queste parti. Dunque mi addentro tra i gruppi di ragazzi che ridono, ballano e scherzano, aguzzando la vista. File di ombrelloni di paglia delimitano aree private come quella che ha Sue proprio qui davanti.

23. Incomprensioni, prese di coscienza e progetti futuri

Puoi dire di avere tutto solo quando hai l'amore.

Faith

Che diavolo sto facendo? *Io amo quel ragazzo,* non posso arrendermi alla prima incomprensione, devo lottare per lui, per *noi.* Devo lottare affinché le cose tornino a funzionare, pure se mi ha fatto soffrire e sono ancora delusa e arrabbiata. Più delusa forse. Non lo so. Devo ragionare e ora non ci riesco. Si dice che all'inizio di una relazione tutto è bello e nulla va per il verso sbagliato, ma è quando le cose iniziano a vacillare che si vede se una coppia può durare o meno. E io, in me e Jude ci credo tanto. Ci credo perché lo sento che è stato plasmato apposta per me, che è lui l'anima gemella di cui tutti parlano, che è lui e solo lui l'uomo che io voglio accanto per sempre. Perciò getto sulla sabbia la bottiglia di vodka che mi hanno offerto dei ragazzi incontrati mentre passeggiavo sulla battigia poco fa; stavano facendo un party al quale mi hanno invitata vedendomi da sola e psicologicamente provata, ma io dopo due bicchieri di birra e aver accettato la vodka me ne sono andata via. Non sono in vena di fare festa, né di mettermi ulteriormente nei casini. È andata già di lusso che non mi hanno riconosciuta. Mi sento uno straccio, forse è anche colpa dell'alcol, dato che non sono abituata a bere così tanto; o forse è colpa del mio cuore stropicciato, che sta piangendo lacrime amare proprio come la sottoscritta. Oggi è stata una giornata bellissima, cazzo, e invece sul finale è diventata nera come il petrolio.

Un conato di vomito sale dall'esofago fino a propagarsi in bocca, facendomi tossire forte e sputare saliva acida che riverso sulla sabbia. Ho mal di stomaco, mi scoppia la testa e la nausea che ha preso a sconquassarmi gli organi mi mette i brividi. Tento di regolarizzare i respiri, di restare calma e lucida anche se sono ubriaca marcia, e di far andar via la sensazione di dover vomitare da un istante all'altro. Sto impazzendo, ho mille pensieri in testa e il corpo che non collabora; un mix di ansia e agitazione che peggiora il mio status, ma almeno, in tutto questo casino, riesco a tirare fuori il telefono dai pantaloncini e a cercare il suo numero in rubrica per poi inviare la chiamata. È vero, una mezz'oretta fa gli ho riattaccato in faccia, ma ero ancora delusa dal suo comportamento e dalle sue parole. Adesso voglio solo chiarire e tornare come prima di tutto questo.

«Mi dispiace», mormoro, appena avverto il suo fiato risuonare dal microfono del cellulare.

Mi manca, non posso più fare a meno di lui. Ho bisogno della sua pelle a contatto con la mia, dei suoi abbracci, dei suoi baci, delle sue carezze; ho bisogno di sentirlo dentro di me, ho bisogno di sapere che mi ama ancora. Prego Dio che, nell'attesa di conoscere la sua risposta, non stia valutando l'idea di lasciarmi. Ne morirei.

«Dispiace anche a me, Faith».

«Dove sei?», domando, avvertendo del casino in sottofondo.

«Me ne sono andato...»

Mio Dio, se n'è andato.

Non posso crederci, non è vero. Ha appena detto che gli dispiace… allora ha mentito?

Perché mi stai facendo questo, Jude?

Non riesco a pronunciare un'altra parola che un nuovo pianto prende il sopravvento, ma non voglio che mi senta. Dunque silenzio il microfono. Mi piego su me stessa con i piedi che affondano nella sabbia e il cuore che sprofonda negli abissi, mentre la nausea torna prepotente. Sono sul punto di vomitare, quando la voce rude e melodica di Shell riprende a solleticarmi i timpani.

«…a cercare la ragazza che amo, ecco dove sono andato, Faith. A *cercarti*, cazzo! Sono venuto a cercarti», percepisco il suo fiato caldo infrangersi sul mio lobo e le sue braccia forti stringermi come una morsa. Allora sì che piango ancora più forte; è un'emozione troppo grande per il mio povero cuore e una prova d'amore che rimarrà scolpita su di esso per sempre.

«Jude».

«Non piangere amore, ci è sfuggito di mano un po' tutto stasera, ma alla fine ogni cosa si aggiusta, basta parlarne e mettere le cose in chiaro. Non sono bravo con i rapporti a due, non sono mai stato fidanzato e non ho mai tenuto a nessuna come tengo a te, ma ti prometto che imparerò perché ti amo da impazzire», precisa e io rifiorisco. Il mio organo vitale riprende a battere e i polmoni a espandersi. Tutto il malessere covato finora sparisce come per magia, lasciando spazio a un'immensa gioia.

Non è mai stato fidanzato. Ha 28 anni, santo Dio, e io sono la prima ragazza che lo ha fatto innamorare.

C*azzo, Faith!* Mi sento privilegiata.

«Ho sbagliato anch'io Jude, ho agito d'impulso. Avrei dovuto contenere l'entusiasmo e parlarti delle mie intenzioni, ma ti prometto che non farò mai più nulla senza prima consultarti, però non rendermi i soldi, te ne prego. In quel progetto ci credo fermamente. Potrai aiutare un sacco di bambini e… anche te stesso», azzardo, ma almeno dico quello che penso.

Jude annuisce piano, pure se è combattuto, lo vedo, pure se vorrebbe dirmi di no. Annuisce, regalandomi un sorriso e baciandomi subito dopo.

«Quindi mi perdoni?», gli chiedo con gli occhi lucidi.

«Come potrei non perdonarti, Faith!?»

«Ti amo, Black Angel».

«Ti amo, piccola magnate del petrolio».

Gli accarezzo una guancia, rapita dal colore delle sue pozze marine a contatto con la luce della luna. Sono belle da impazzire, belle come lui.

«Torniamo a casa?»

«Sì, torniamo a casa che ho voglia di dormire abbracciato a te per tutta la notte».

Oh, Jude…

***

Jude

Sono teso come una corda di violino, nemmeno quando devo gareggiare mi riduco in questo stato.

L'invito a cena di Faith, nella tenuta di Sue, mi ha spiazzato. Non avrei mai immaginato che avesse intenzione di presentarmi ai suoi genitori così presto, *cazzo!* Sono poco più di due mesi che stiamo insieme, ma va bene. Spero solo che non abbiano fatto ricerche approfondite su di me e che il mio *status* sia loro gradito, ma da quel che ho capito, per la figlia desiderano tutt'altro. Staremo a vedere. Intanto monto in sella, con Faith siamo giunti a un accordo. Correrò la Mason County e poi annuncerò a Vincent e Devon che mi ritirerò per buttarmi sulla fondazione, sarebbe davvero scorretto mollarli a soli tre giorni dalla competizione. Il nostro compromesso sembra essere equilibrato. Stasera ci saranno le prove generali, domani la cena con i genitori di Faith e poi la gara. Tutto sembra essere incredibilmente perfetto. Mio zio è fiero di me, mi ha visto operare e si è complimentato; inizialmente era incredulo, non aveva idea di che mano mi ha dotato madre natura.

«Sei incredibilmente abile con i ferri chirurgici in mano, ragazzo mio. Mi aveva accennato qualcosa il Dr. Maddox, ma non avevo idea fin quando non ti ho visto con i miei stessi occhi».

Le sue parole mi hanno riempito l'ego. Avrei tanto voluto che mia madre le sentisse, anche se sono sicuro che in qualche modo, lei era lì ed è stata fiera di me, di come mi ha cresciuto e di tutto quello che mi ha insegnato. Esco di casa diretto al cimitero. Di sicuro i fiori che le ho portato prima di partire per Los Angeles saranno appassiti e desidero metterne di freschi. Parcheggio nello spiazzo vicino al luogo santo dove è situato il furgoncino della signora Dawson, che ormai conosce alla perfezione i miei gusti e quelli di mamma, e acquisto delle orchidee celesti e bianche davvero grandi e bellissime. Le orchidee erano i suoi fiori preferiti. Giunto davanti alla sua tomba, osservo la sua foto e subito mi sento meglio, più calmo. Le poggio il piccolo bouquet sulla terra e inizio a esternare le tante cose che ho da raccontarle.

«Ti rendi conto mamma, che con tutte le ragazze che ci sono al mondo, ho perso la testa proprio per la figlia dell'uomo più ricco del mondo? Sono felice con Faith, questo non posso negarlo, ma ho anche il terrore di quel che possa conseguire stare con una ragazza come lei. Tra l'altro, ha anche organizzato una cena con la sua famiglia durante la quale mi presenterà come suo fidanzato, e l'idea mi terrorizza e non poco. Io non c'entro niente con lei. Veniamo da due mondi totalmente opposti… se penso che hanno anche tentato di rapirla… Mio Dio, era quasi annegata e tu l'hai aiutata. Che paura ho avuto. Quasi come svegliarmi quella mattina e venire a conoscenza che tu non c'eri più. Ma ora non voglio pensarci. Ah, si è anche iscritta all'UCLA! Ha in mente di aiutarmi con la fondazione. Ovviamente ho reagito male quando me lo ha detto, perché volevo che restasse una cosa solo nostra, mamma, ma sono sicuro che Faith ha tutte le carte in regola per far crescere l'Alicia Foundation e farla arrivare dove merita».

Mentre sistemo i nuovi fiori e la guardo dritta negli occhi, le parlo di tutto quello che sta accadendo come se lei ascoltasse e mi consigliasse come comportarmi. E io credo davvero che mamma lo faccia. O almeno è quello che voglio continuare a pensare, perché senza questo legame, seppur silenzioso, non riuscirei proprio a sopravvivere, anche se mi sono ripromesso di lasciar andare il passato e accettare di VIVERE finalmente il futuro. Ma come si fa a dire "addio" a tua madre?

24. Ritrovarsi

Faith

Non posso credere che Jude abbia accettato di conoscere i miei genitori.

Appena tornati da LA, ci siamo stabiliti tutti e sei a casa di Sue in pianta stabile. Tra l'altro, l'ho vista un po' strana in questi giorni, e quando sono andata a indagare, lei mi ha confessato che l'ultima volta che ha fatto l'amore con Nolan sbronzi in spiaggia, lui le è venuto dentro e che non è ricorsa a nessuna pillola del giorno dopo. Cavolo, forse avranno un bambino! Quasi la invidio. Vorrei avere anch'io il frutto dell'amore con Jude racchiuso nel mio ventre. Sue dice che devo lasciarmi trascinare da questo amore ovunque mi porterà perché ha cambiato radicalmente Jude e perché mi vede felice quanto lo è lei accanto a Nolan. Ma i suoi genitori amano Sue e non si permetterebbero mai di mettersi in mezzo, o scegliere chi è giusto per lei come pretendono di fare i miei con me. Mi ha anche chiesto il motivo di questa cena e quando le ho riassunto la telefonata, in tutta onestà si è raccomandata di non fidarmi dei miei perché di sicuro faranno carte false per far uscire Jude dalla mia vita. Lui non rispecchia nemmeno lontanamente i canoni dell'uomo che loro vorrebbero al mio fianco. E anche se queste parole sono vere mi fanno un male cane. Sarò guardinga.

L'estate sta finendo e questo mi rende molto triste. Devo la mia felicità a Sue, ai suoi amici e a questo posto. Ma una cosa alla volta o impazzirò, ora non voglio pensarci. Voglio godermi ciò che ne resta al meglio possibile.

***

Sue mi ha lasciato carta bianca e sto organizzando una vera e propria festa intorno alla piscina. Jude mi manca, ho bisogno di sentire la sua voce, così recupero il telefono e gli invio un audio.

«Buongiorno amore, ti piace la cucina italiana? Ho in mente un'infinità di delizie da gustare».

«Buongiorno a te. E certo che sì! Adoro l'Italia e la sua ineguagliabile cucina».

«Che bello! Allora procedo con gli ordini. Hai già in mente cosa indossare? Io pensavo a un dress code semplice dal momento che siamo a casa e a bordo piscina, che ne pensi?»

«Certo, va benissimo».

«Io indosserò un abitino nero senza spalline, avvitato che arriva sopra al ginocchio».

«Mhm, che poi ti strapperò alla fine di tutto», promette roco e sensuale. Farò il conto alla rovescia.

«Oh, Jude, non vedo l'ora».

«A più tardi».

«Ciao, mi manchi!». Non vedo l'ora di vederlo.

Spero tanto che Jude e i miei genitori si trovino subito e che possano accettarlo per l'uomo splendido che è, anche se le parole di Sue non le sottovaluto. Sarò attenta a ogni minima sillaba e farò di tutto affinché Jude si trovi a suo agio; come farò di tutto affinché i miei si concentrino sulle sue qualità di chirurgo e di fidanzato, non di biker. *Speriamo bene!*

***

Jude

Dopo i messaggi intercorsi tra me e Faith, mi è salita una sorta di strana ansia. Cosa che non è affatto da me. Ho provato tre, forse quattro completi eleganti che papà si è offerto di prestarmi per questa sera, ma con nessuno di essi riesco a vedermi bene. Mi sento un maledetto pinguino, cazzo!

«Jude, usciamo e andiamo in un negozio serio dove troverai di sicuro qualcosa di adatto alla serata», propone ridacchiando.

«Non prendermi per il culo, pà!», sclero un po' divertito e un po' impanicato. «Mi spiace ragazzo mio, ma è arrivato il mio momento. Il mio Jude innamorato è proprio uno splendido uomo, tua madre sarebbe stata immensamente felice», dice nostalgico.

«Come si fa a vivere senza la donna che ami?»

«Ti adatti, un po' come hai fatto tu. Un po' come ho fatto io. Certo, per un figlio è mille volte peggio, soprattutto alla tua età e con il rapporto unico e simbiotico che vi legava, ma anche per me non è stato facile quando Alicia se ne è andata. Il tempo mi ha aiutato a far restare soltanto le cose belle e a sopperire un po' il dolore, perché la morte si porta via il corpo, i progetti, le speranze, ma l'amore resta per sempre. E io tua madre la amo ancora come se fosse il primo giorno. Mi ricordo che appena nascesti volle lasciare il lavoro che tanto amava per crescere accanto a te. Non fu semplice, facemmo dei sacrifici; poi lei mi incoraggiò a fare carriera, si occupò di te, della casa, e fu abile anche nel ruolo di padre quando io dovevo venire meno a causa del lavoro. Ma ti sono sempre rimasto accanto, seppur in silenzio. Quella scelta fu saggia, eravamo felici. E sono sicuro che ancora oggi, quando pensi a lei, senti quell'amore identico a quei giorni in cui era viva e ti abbracciava». Non c'è una sola parola storta nel suo discorso, e vederlo con gli occhi lucidi mentre racconta della mamma mi stringe il cuore. Non so perché finora non abbiamo mai parlato così apertamente, perché gli ho addossato tutte le colpe. Mi sono corazzato dietro a uno scudo di idee sbagliate che mi hanno logorato per anni e che sicuramente hanno ferito anche lui.

Faith aveva ragione.

«Perdonami papà, sono stato vittima del dolore per talmente tanti anni che non ho voluto vedere oltre. Mi dispiace tanto», affermo sincero. «Ognuno ha i propri tempi Jude, non ti scusare», mi stringe tra le braccia e questa volta il suo bene lo avverto forte e chiaro.

«Direi che se vorrai fare colpo sulla famiglia della tua ragazza dovremmo sbrigarci!», propone rallegrato.

Alla fine l'ha vinta lui, perciò montiamo in auto diretti a fare shopping da qualche parte di sua conoscenza, suppongo. Giunti davanti alla boutique di Burberry, mio padre parcheggia davanti alla vetrina, invia un messaggio e poi entriamo. La boutique è lussuosa, non credevo che da queste parti ce ne fosse una a dire il vero. Dopo qualche istante esce una giovane e bellissima donna sulla quarantina, mora, occhi azzurri, fisico armonico e molto affabile. Immagino sia una commessa. Ma poi, noto nel modo in cui guarda papà che non è solo una semplice commessa, bensì molto di più. Stavolta però me ne sto zitto, anzi, mi mostro abbastanza ben disposto. In fin dei conti per me è soltanto una commessa, anche se, osservandola meglio, noto che somiglia tantissimo alla mamma. Papà ancora la cerca in qualcun'altra e questo mi riempie di pena e di gioia allo stesso tempo, perché mi rivedo in lui, mi rivedo in preda all'ansia al solo ripensare a quando credevo di aver perso Faith, stavo per impazzire. Povero papà.

«Molto piacere signor Shell, mi chiamo Sarah, e sono al suo servizio. Suo padre mi ha accennato qualcosa in merito all'evento a cui deve presenziare», mi offre la mano destra in maniera solenne che io stringo delicatamente.

«Piacere mio, Sarah. Sì in effetti è una cena molto informale, ma con dei personaggi di alto lignaggio».

«Molto bene, in merito a questo le proporrei una camicia e un jeans. Nonostante i componenti siano di alto lignaggio, una cena a casa è pur sempre una cena a casa. È d'accordo?».

Sarah mi piace.

«D'accordissimo!»

«Allora venga con me!».

Seguo Sarah al piano di sopra, papà ci resta dietro in silenzio, e quando mi soffermo un attimo a guardarlo sembra essere soddisfatto del primo approccio avuto con quella che sembra non essere solo una semplice commessa.

«Si accomodi su questo piccolo divano, signor Shell, scelgo alcune combinazioni adatte alla sua persona e gliele mostro».

«Grazie», mi limito ad assecondarla, poi butto nuovamente gli occhi su mio padre.

«Impeccabile e bellissima Sarah, vero?»

«Vero!»

«Vieni spesso a fare compere qui?», indago come una pettegola.

«Diciamo che è una boutique che preferisco fra tante». Falls Hall ne conterà al massimo tre.

«È una bella donna papà, molto simile a mamma, e sembra gentile».

«Lo è».

Un uomo sulla cinquantina ci porge due calici e due pezzi di cioccolato fondente per ingannare l'attesa. Ovviamente gradiamo l'ospitalità. Cazzo, dove vado a fare spese io nemmeno ti salutano! Qui invece ti trattano come un re. Immagino i prezzi.

Poco dopo Sarah torna con in mano una camicia bianca e un jeans abbinato, e con una blu con a sua volta il pantalone abbinato. Infine una cintura e una giacca che vanno bene per entrambi. «Ho scelto queste due combinazioni che sono perfette per la sua serata, vuole provarle in camerino?».

In genere non provo mai ciò che compro, ma voglio regalare loro qualche minuto di privacy e spiarli da dietro la tenda. Così da analizzare un minimo le mie ipotetiche e possibili reazioni.

«Certamente, grazie!»

Una volta entrato indosso la prima scelta e mi piace proprio. Elegante e sobrio come ha detto lei. Sposto leggermente la tenda e li vedo conversare in modo complice ma composto. Poi lui le sfiora la mano e lei sorride timida. Questa scena mi sblocca un ricordo bello quanto doloroso. Mamma reagiva nello stesso identico modo di Sarah. L'amore che provava per lui quando le lambiva la pelle, anche solo con una piccola carezza, le tingeva le guance di rosso come fosse la prima volta. Mi scappa una lacrima che non riesco a contenere. Mio padre ha ritrovato la mamma in lei, come io l'ho ritrovata in Faith. Nonostante siano persone diverse, con la propria personalità, continuiamo ad amarla su chiunque la rappresenti. Sono felice di constatare che sia io che mio padre abbiamo avuto la fortuna di conoscere donne come la mamma. Mi rammarico per quanto lo abbia tenuto a distanza e per la rabbia che ho riversato su di lui. Non lo capivo prima. Lo comprendo solo ora. «La prima prova mi piace», annuncio soddisfatto.

Se solo avessi pettinato la mia chioma selvaggia. Sono un vichingo, accidenti! Provvederò nel farlo a tempo debito.

«Vuoi farti vedere anche da noi?»

«E va bene!», esco con le mani alzate e faccio un giro su me stesso.

«Oh, è quasi perfetto, Jude. Mancano solo questi», Sarah mi avvicina ai piedi un paio di mocassini scuri che guardo storto ma infine calzo.

«Ora ci siamo! Lei che ne pensa? È soddisfatto? Si vede bene?»

«Direi che per quanto diverge dal mio modo di vestire, mi piace», ammetto. «Sulla fiducia li acquistiamo entrambi», prende la palla al balzo mio padre che non vedeva l'ora di vedermi ripulito.

Lo lascio fare, una volta tanto voglio fare la parte del figlio facile. La mattina trascorre serena, gli sfilo alcune informazioni su questa Sarah e poi ce ne andiamo a pranzo al ristorante giapponese che tanto ci piace.

***

Faith

«Sue, sei pronta? Dov'è Nolan?», grido in preda all'ansia di arrivare tardi alle prove di Jude ignara del fatto che i miei sono proprio dietro al portone d'ingresso.

«Faith, ho mandato Nolan e gli altri al campo da Jude. I nostri genitori ci hanno appena fatto una sorpresa e quindi stravolto i piani».

Non ci posso credere, proprio adesso. *Perché?* Sarebbero dovuti arrivare domani!

Vado immediatamente in panico e Sue lo nota. Mio Dio, sto sudando freddo.

«Cerca di rimanere calma, sai com'è fatta tua madre e quanto tiene alle sorprese».

«Io voglio andare da Jude, non voglio lasciarlo solo», impreco.

«Lo so, e hai ragione, ma come facciamo? Loro arrivano e noi scappiamo? Ragiona, per favore!»

«La odio! Lo sta facendo apposta. Maledizione!», poso la borsa imbestialita in un angolo della casa e torno in camera per cambiarmi alla velocità della luce, perché so che non posso farmi vedere con questo abitino succinto da loro. Mi riporterebbero a casa in un battibaleno. Poi invio un messaggio a Jude dove gli chiedo di perdonarmi per ovvie ragioni. Lui però non risponde, sicuramente sarà già in pista.

Ah, si prospetta una giornata di merda!

Tento di spegnere il cervello dai pensieri mentre ritorno di là in salotto; e infine mi dipingo un falso sorriso in volto e recito felicità che sprizza da tutti i pori quando suonano al campanello e la domestica fa accomodare mamma e papà insieme ai genitori di Sue, che io ho sempre considerato come degli zii.

«Sorpresa!», alza le braccia in cielo mia madre carica di pacchi come un mulo.

«Mamma, papà, zii, che bello avervi qui!», tento di risultare credibile nel frangente in cui lo dico.

«Gioie mie, siete bellissime, siete cresciute molto in questi due mesi!», esclama radiosa zia Lauren, la mamma di Sue, venendoci a baciare sulle guance.

«Sul serio? Sarà perché qui a Falls Hall, mamma, si respira aria buona», replica Sue, e io la avverto come una frecciatina nei riguardi di mia madre.

«Avete cenato, ragazze?», domanda zia ignorando il commento di sua figlia.

«Veramente non ancora», rispondo sapendo già che cosa dirà mia madre a riguardo.

«Oh ma che bella notizia! Allora se non avete altri programmi, possiamo cenare tutti insieme. In fin dei conti è un sacco di tempo che non ci vediamo, e abbiamo sicuramente tante cose da raccontarci», mamma saetta le iridi luciferine su di me, in attesa di leggere difficoltà nelle mie, ma si sbaglia di grosso.

Vuole la guerra? E guerra sia. Non ha idea di chi sia diventata Faith Rockfeller durante questi due mesi, ma lo scoprirà presto!

«È una bellissima idea! Dai, ordiniamo qualcosa di buono, che non vedo l'ora di raccontarvi tutto sulla scelta dei college, e di sapere come sono andate le vostre vacanze», continuo imperterrita e a testa alta, scrutando l'espressione di mia madre che da vipera è passata a incazzata, pure se tenta di camuffarlo nascondendosi dietro un falso sorriso.

Papà si schiarisce la voce. Forse ha capito il mio gioco, ma sinceramente anche se fosse non mi interessa.

Dopo qualche secondo di silenzio, lo zio propone di ordinare alla cuoca la preparazione di un bel risotto e della carne con verdure come accompagnamento e una salsina ai funghi che fungerebbe da guarnizione. Ma, mi sarebbe sembrato strano il contrario, a mia madre non va bene e non si fa problemi dal portare scompiglio.

«Io pensavo di cenare fuori. Vorrei iniziare a visitare questa piccola metropoli che ha fatto conoscere a mia figlia il suo fidanzato», gracchia capricciosa, ma io non mollo.

«A dire il vero, preferirei la proposta dello zio. Io e Sue avevamo deciso di rimanere a casa e di mangiare leggero, ci siamo fatte prendere la mano dai preparativi e siamo stanche».

La lascio a bocca aperta perché due mesi fa non l'avrei mai contraddetta ma assecondata, e ad aiutarmi vengono gli altri che condividono le nostre idee. Papà, invece, si astiene.

«In effetti zia, io e Faith volevamo andare a letto presto stasera proprio per questo motivo. In ogni caso l'importante è stare insieme, no?», Sue spara la sua miccia, mentre ogni tanto controlla il telefono e mi rassicura con lo sguardo.

«Certo angeli miei, avremo il tempo di fare tutto», blatera urtata e rassegnata.

Dunque, una volta che il cibo è pronto ed è stato servito in tavola, diamo il via a questa assurda cena che spero finisca il prima possibile, perché io voglio raggiungere Jude, anche a costo di scappare dalla finestra e addentrarmi da sola in mezzo alle tenebre della notte.

25. Incidenti di percorso

Jude

Un ultimo tratto da mantenere in prima posizione e credo di aver fatto il miglior tempo di sempre, ma un ramo troppo sporgente visto all'ultimo secondo, mi strappa via dalla testa il casco, che probabilmente non era fissato troppo bene, e mi colpisce ledendo gran parte del derma del viso, salvando grazie a Dio gli occhi. Perdo stabilità e cado a terra alzando un gran fumo. Cazzo, cazzo! Butto l'occhio sulla moto che sembra essersi escoriata come me, ma non gravemente. Ieri era tutto pulito, non capisco come sia possibile! Mi rialzo frastornato, con la faccia ridotta a una maschera di sangue. Recupero il casco che infilo gridando di dolore e riparto. Porca puttana! Potevo lasciarci le penne. Ho un pessimo presentimento, ma me lo tengo per me. Riesco a tagliare il traguardo, e corro immediatamente da Nolan per farmi medicare le ferite, solo che occorrono due punti di sutura. Dunque mi porta in ospedale. Lo assecondo senza fare storie, poi chiedo notizie delle ragazze.

«Ho sentito Sue dieci minuti fa e mi ha detto che sono a casa sua, ancora a tavola con i genitori, perciò credo che per stasera resteremo da soli», dice tra una cucitura e l'altra.

«Tanto io sono distrutto, credo che me ne andrò a letto se voglio sopravvivere a domani, e visto come sono conciato, mi servirà una bella scusa per giustificare tutto questo», indico la mia faccia piena di bende.

«Puoi dire che stavi facendo un giro per il bosco con la moto, che eri senza casco e che sei stato colpito da un ramo che non hai visto, ecco la giustificazione. Non devi mica per forza rivelare che eri a fare le prove per una gara clandestina», ironizza, semplificando la situazione. Vorrei fosse così facile anche io, ma purtroppo non lo è affatto.

Cambio argomento perché non voglio angosciarmi ulteriormente.

«Come procedono le cose con Sue?»

«Sono praticamente innamorato di lei dalle scuole elementari, forse dalla materna. Ho sempre creduto impossibile poter avere con lei un rapporto che andasse oltre all'amicizia, finché lei si è dichiarata. Mi pareva un sogno, ho dovuto aprire e chiudere le palpebre più volte, non sapevo cosa dire, ero incredulo. La cosa più spontanea che mi è venuta di fare è stata baciarla, baciarla e baciarla fino a che non mi è mancata l'aria nei polmoni. Credevo di volare in quel momento, Jude. Non mi sono mai ritenuto alla sua altezza, me ne sono stato sempre in disparte, ma tutte le volte che la vedevo con qualcuno pensavo di impazzire. La amo da morire e, se fosse per me, la sposerei anche domani. Non so se mi spiego».

«Più di quanto immagini», replico sopraffatto da un sentimento tanto grande e profondo da avermi cambiato radicalmente.

«Non mollare, amico mio, con Faith. La sua famiglia, soprattutto la madre, è un osso duro, ma quella ragazza ha sofferto troppo e con te è felice, viva. Inoltre ti ama tantissimo. Non puoi negarlo. Siete come noi, anime gemelle».

«Amare così tanto qualcuno è spaventoso, mi sento spogliato dal mio carattere di merda, da quello scudo che mi ero costruito intorno talmente impenetrabile a chiunque che mi rendeva forte e al sicuro. Con lei sono fragile ed esposto».

«E non è bellissimo? Non pensi sempre a lei? Controlli il telefono appena ti svegli e sorridi davanti a un suo messaggio?»

«Sì», ammetto ormai arreso a questa mia nuova vita circondata da una fascia poco elastica chiamata amore, passione. Mi squilla il telefono e scatto come una molla appena vedo che si tratta di lei.

«Ehi», sussurro dolcemente.

«Jude come stai? Sei ferito? Ho saputo che sei caduto e che sei in ospedale. Stavo morendo di paura appena Sue mi ha avvertita, ho immaginato il peggio, e mi sono subito chiusa in bagno per sentirti.»

Maledizione! Nessuno che si fa i cazzi propri! Faith è terrorizzata, lo sento dal timbro della sua voce, ma non ce n'è bisogno, quindi cerco di tranquillizzarla.

«Amore sto bene, si tratta solo di qualche graffio, calmati! Sono qui con Nolan che mi ha medicato alla perfezione. Questo ragazzo diventerà il mio braccio destro in chirurgia», sdrammatizzo cercando di ironizzare un po', anche se quello che dico lo penso davvero perché Nolan è un gran bravo dottore.

«Non vedo l'ora che lasci queste gare e ti dedichi soltanto alle cose per cui sei nato: la chirurgia e la fondazione», sproloquia.

«E te amore, stai serena, sono tutto intero e se fossi qui te lo dimostrerei scaraventandoti sul lettino e strappandoti via a morsi quella meravigliosa lingerie che indossi», grugnisco famelico alla sola idea di fotterla qui sopra. «Okay, okay, piccioncini, ho sentito abbastanza! È proprio travolto da queste sensazioni che forse vi farò diventare zii, state attenti a non seguirci!», spara Nolan senza rendersene conto.

«Che cazzo dici, fratello! Non sei riuscito a fare marcia indietro? Non indossavi il... oh cazzo, e adesso?»

«Adesso aspettiamo ancora qualche giorno e poi andrò in farmacia a comprare il test di gravidanza», dice sereno.

«Come fai a stare così tranquillo?», mormoro in ansia per lui.

«Perché se fosse, non mi spaventerebbe affatto. Vorrà dire che mi laureerò con il mio bebè in braccio».

«Oh, Signore! Non sono pronto a tutti questi sconvolgimenti. E tu Faith non dici nulla?»

«Sue me lo ha confidato qualche giorno fa... non ti ho detto nulla solo perché volevo che lo facessero loro se il test fosse risultato positivo...», rivela a bassa voce.

«Ecco, appunto!»

«Ora devo proprio andare, troverò un modo per scappare di qui al più presto, promesso!», giura Faith con un filo di voce.

Contraccambiamo il saluto in contemporanea e mi faccio accompagnare da Nolan a riprendere la moto nel parcheggio dove l'ho lasciata.

«Qualsiasi intenzione abbiate, sappi che io ci sarò», mi congedo dandogli una pacca sulla spalla, cercando di contenere l'emozione. Sto diventando un pappamolla, non mi riconosco più.

«Per me è importante. Grazie, a domani!» Monto in sella, non indosso il casco perché sporco di sangue, e rincaso stanco e provato dagli eventi in attesa che arrivi domani. Per fortuna papà si è addormentato davanti alla televisione e non si accorge di nulla. Filo dritto in camera dopo essermi buttato sotto la doccia e aver lavato via polvere e chiazze ematiche.

***

Faith

Io e Sue abbiamo finto come due attrici esperte di teatro, siamo riuscite a congedarci dai nostri genitori e ora siamo pronte a saltare giù dalla finestra con l'intenzione di vedere i nostri uomini. Nolan ci attende oltre il cancello. Io sono in ansia, e resterò in questo stato finché non vedrò con i miei occhi che Jude sta bene.

«Coraggio ragazze, salite!», ci esorta a fari spenti Nolan che odia l'avventura. Io e Sue non ce lo facciamo ripetere due volte e lo facciamo, il tempo di chiudere lo sportello che siamo già distanti dalla villa.

«Jude è a casa, sta bene, vuoi che ti accompagni da lui o vieni con noi al falò di fine estate?», domanda.

Non lo faccio finire di parlare che ho già risposto.

«Portami da lui!».

In una manciata di minuti mi trovo a salutare i miei amici e sotto casa del mio ragazzo. Gli scrivo un messaggio affinché mi apra la porta d'ingresso, e in un secondo la mia richiesta viene accontentata. Avanzo piano come si è raccomandato per non far svegliare il padre che dorme beato sul divano. Sgattaiolo come una ladra e arrivo in camera di Jude che mi attende steso sul letto con il volto pieno di bendaggi.

Santo Dio!

Mi porto la mano alla bocca, poi tolgo le scarpe da ginnastica, e mi stendo accanto a lui che riempio di carezze senza proferire parola. Occhi negli occhi, pelle contro pelle, respiri contro respiri fino alle prime luci dell'alba. Un'alba che cambierà per sempre la mia vita.

26. Preparativi

Jude

Mi sveglio accanto alla ragazza che amo. Dio, è rimasta con me tutta la notte, mi ha accarezzato come un bambino, poi come un uomo. Mi ha dato tutta sé stessa con un'intensità talmente forte che mi ha lasciato la mente svuotata da ogni dubbio o pensiero.

L'amo cazzo!

Ma appena ho avvertito la luce dei raggi solari infiltrarsi in camera, ho capito che avrei dovuto svegliarla per non farle passare dei guai e così ho fatto. Mi è costato, ma lei viene prima di qualsiasi cosa.

«Buongiorno principessa», le infilo la lingua in bocca, così da assicurarmi che si sveglierà in pochi istanti, e infatti raggiungo il mio obiettivo. Lei mugola un pochino, ma appena realizza, asseconda il bacio.

«Mhm, è già mattina? Grazie», esala sulle bende che bacia una dopo l'altra. «Cosa diremo ai miei?»

«Nolan suggerisce semplicemente di dire la verità».

«Cosa?», sgrana gli occhi in attesa di un'ulteriore mia parola.

«Verità riguardante il ramo, non riferito al contesto "gara clandestina"».

«Ottimo», si ammorbidisce.

«Ora però devi andare Faith o se ne accorgeranno. Ti accompagno con l'auto di mio padre, così farai prima», propongo e lei subito annuisce.

Mi rendo conto di averla messa in difficoltà con l'incidente, quest'impalcatura fatta di garze e bende che ho in faccia non giocherà a mio favore.

«Mi dispiace Faith, il percorso è sempre stato pulito, non ci sono mai stati dei rami...»

«Shh, non è colpa tua, non è successo nulla di grave». Recupero il telefono, quando ho capito che stanotte sarebbe stata lunga e infuocata, ho scritto a Nolan informandolo che Faith sarebbe rimasta qui, così l'ho lasciato libero di stare con Sue. Però leggo altri due messaggi che prima non c'erano.

«Che succede Jude?», Faith nota all'istante il mio cambio repentino d'umore. «Margaret e Chad sono svegli».

«Capisco».

«Domani andranno gli inquirenti, me lo ha appena scritto Nolan».

«Speriamo di saperne di più su quel delinquente che ha cercato di ammazzarmi».

«Ci credo poco ma ci spero, ora andiamo dai, concentriamoci su questa sera, affrontiamo una cosa alla volta».

«Hai ragione».

***

Faith

Per fortuna a casa di Sue regna il silenzio. Lei è sveglia e mi attende seduta sul letto, non riesce a dormire. Sarà stata con Nolan come ho fatto io con Jude, ormai siamo talmente tanto abituate a dormire insieme a loro, che da sole non riusciamo più a stare. È come se ci mancasse qualcosa. *Che bello però!*

«Pronta per oggi?»

«Insomma! L'incidente di Jude non ci voleva… lo metterà parecchio in difficoltà».

«Lo so! Poteva andare molto peggio di così».

«Non mi ci far pensare! Non vedo l'ora che si congedi da tutto questo, non voglio vivere con il terrore che un incidente lo strappi via da me. Basta corse clandestine, basta!», esclamo esasperata.

«Sarà così, manca poco. Ora vestiamoci e andiamo a fare colazione. Non so tu, ma io ho una fame!», allude all'attività notturna che ha affamato anche me.

«Da lupi!».

***

La villa in poco tempo si riempie di gente che allestisce il giardino, riempiendolo di fiori bianchi e luci calde. La cascata che si riversa sulla piscina diventa lo scenario principale per i dolci e i liquori. Attorno al bordo più tavoli uniti in una curva armonica. Le tovaglie bianche e rosa pallido, il cui runner riprende le sfumature magiche di un tramonto maldiviano.

Mia madre ha fatto colazione frettolosamente ed è uscita con papà per non si sa dove. Cosa molto strana per lei, ma sono troppo indaffarata per indagare. Anche se a dire il vero, l'avrei voluta intorno per prepararla all'immagine martoriata di Jude. Conto rientri per il pranzo.

«Che ne dici di invitare anche Wilma e gli altri?»

«In realtà sono già stati invitati, e per la mia gioia ti comunico che verranno tutti!», ammetto felice.

«Grande! Più siamo e meno zia Camille infierirà sul nostro centauro», dice sollevata. Ormai io e lei viaggiamo sulla stessa lunghezza d'onda.

«Me lo auguro, Sue».

«Ci siamo noi con te, non si permetterà di osare troppo vedrai».

«Quando si tratta di me, mia madre non ha limiti, dovresti saperlo».

«Lo so, Faith, ma voglio sperare che vedendoti così felice e cambiata in modo positivo lei possa andare oltre e accettare a braccia aperte questo cambiamento. Del resto è una madre, e una madre vuole solo il meglio per una figlia».

«In teoria…», replico. Il fatto è che nemmeno Sue crede a quello che dice e lo si vede lontano un miglio che è tesa e preoccupata.

I preparativi ci assorbono completamente fino all'ora di prepararsi. Non ho più sentito Jude, immagino sia teso anche lui. I miei genitori sono tornati carichi di pacchi poco più di due ore fa e non abbiamo parlato di nulla. Mamma sembra felice e distesa, forse ho esagerato nei suoi confronti. Una volta pronta scendo a vedere se è tutto a posto e non solo lo è ma il giardino si è trasformato in una favola romantica. La musica soft avvolge alla perfezione e fa atmosfera. I camerieri sono allineati in attesa di un mio ordine. Sono emozionata. Sue mi sorride dall'altra parte della piscina e annuisce. Le nostre mamme sono entrambe vestite di rosa chiaro, due abiti semplici, eleganti e per nulla sfarzosi.

Brave!

Il campanello suona e il cuore inizia a scomporsi nella cassa toracica. È ancora presto, chi mai potrebbe essere? Forse una consegna? Attendo che la servitù vada ad aprire, rimango in attesa di vedere Jude, non so perché. Le mie iridi si allargano e si inondano di inferno liquido quando l'intera famiglia Duncan si palesa davanti a noi vestita in pompa magna con dello champagne in mano.

Duncan Lauter.

Duncan Lauter.

Il mio cervello ripete il suo nome mentre cerca di trovare il motivo della sua presenza qui a Falls Hall, a casa di Sue. Duncan Lauter, *il mio peggior incubo*. Il ragazzo che mi ha umiliata e fatta soffrire. Il ragazzo con cui ho perso la verginità è qui con la sua famiglia a rovinare la mia cena con Jude. La mia faccia è dura, minacciosa, non cede al sorriso che vorrebbero strapparmi via i loro schifosi complimenti su *quanto sono diventata carina* e merdate simili. Il mio sguardo saetta su Sue che è rimasta sbalordita quanto me, poi si sposta su di lei. Su mia madre che ha l'aria tutt'altro che colpevole ma compiaciuta.

«Erika, quanto tempo cara, vieni, accomodati», si comporta come fosse la padrona di casa davanti a una Lauren contrariata. Istruisce il personale sull'accoglienza dell'intera famiglia senza mai guardarmi in faccia. Senza calcolare nessuno, ma soprattutto mancando di rispetto ai padroni di casa. E in tanti anni di amicizia, questa è la prima volta che si comporta in questo modo e le manca di rispetto. Mamma e zia Lauren sono cresciute come due sorelle. Hanno studiato alla stessa facoltà di belle arti, e hanno conosciuto i rispettivi mariti a una festa di laurea. Solo dopo sono diventate quello che sono. Oggi l'ha scavalca completamente, come fosse un ospite secondario. Deve essersi bevuta il cervello per comportarsi in questo modo, Dio mio. Non ho idea di cosa abbia tramato, ma questo affronto non glielo perdonerò mai, perché lei sa quanto mi ha fatto stare male quel figlio di puttana. Il mio corpo è diventato un contenitore in ebollizione che sta per scoppiare, e nello stesso frangente, il campanello annuncia la presenza di qualche altro ospite che mi auguro non sia Jude, non ora almeno.

27. Cena e devastazione

Faith

Non saluto nessuno, nemmeno per educazione, prendo per un braccio mia madre e la trascino dietro al bar. Ho il volto sfigurato dall'ira e inizio a vomitare tutto quello che mi passa per la testa.

«Come ti sei permessa di invitare Duncan e la sua famiglia alla cena di stasera, dove sai perfettamente che ti presenterò il mio ragazzo? Ma soprattutto, come hai potuto scavalcare zia Lauren e portare quell'individuo nello stesso ambiente dove tua figlia sta trascorrendo le vacanze, dopo tutto quello che mi ha fatto passare?», infierisco su di lei invasa dalla rabbia, dallo sdegno.

Lei sembra sorpresa di vedere una Faith, sempre sottomessa, letteralmente indiavolata.

«Tesoro, calmati. Non è stato nulla di calcolato, Erika ha commentato una mia storia postata appena giunta qui, e mi ha risposto informandomi che era nei paraggi. Così, senza pensarci troppo, l'ho invitata. Ormai tra te e Duncan è acqua passata, e poi ci saranno anche degli altri vostri amici, non è una cena di famiglia», gracchia tentando di minimizzare e arrampicandosi sugli specchi.

«Non ho intenzione di ascoltare altre menzogne uscire dalla tua bocca, mamma. Sappi che mi hai ferita e delusa profondamente. Ti invito a stare molto attenta, fai un passo falso in presenza di Jude e non mi vedrai mai più», minaccio a un centimetro dal suo naso con le iridi iniettate di sangue, l'indice puntato sul suo petto, lasciandola immobile e sgomenta.

«C-che dici, figlia mia…»

«Non credere di essere l'unica nel saper fare sgradevoli sorprese, sono tua figlia, ne sono capace anch'io. E per inciso, quel pezzo di merda che è qui stasera, che si è presentato come nulla fosse a questa cena, in un tempo non troppo lontano, mi ha strappato la verginità quasi violentandomi, e tu lo inviti come fosse un caro ragazzo, proprio qui, a casa di Sue nel tentativo di fare cosa? Assicurarti di far sentire Jude una nullità. Che essere ricchi, drogati e viziati a vent'anni è meglio che farsi il culo e laurearsi in medicina? Mandare all'aria la serata? La mia vita? Cosa? Ti odio mamma!», le do le spalle carica di rabbia, la stessa che mi tiene in piedi, ma con il cuore distrutto dal dolore. Non le lascio il tempo di replicare, ma so che l'ho colpita dove è più fragile. Eppure non è sufficiente a farmi tornare la voglia di festeggiare, di presentare alla mia famiglia l'uomo che amo, perché non c'è più alcun presupposto. Vorrei buttarmi sul letto e piangere, perché tutto mi sarei aspettata da lei, tranne una mossa tanto scorretta. Una bassezza degna di una miserabile. *Chi è davvero la donna che mi ha messa al mondo?* Sue accorre in mio aiuto. Mi abbraccia atterrita. So che vorrebbe dirmi qualcosa, ma non lo fa per paura di scoppiare, ingiuriare e non fermarsi più. Devo solo resistere per Jude. Wilma e gli altri sono carichi di voglia di fare festa, ignari di quanto è appena accaduto. Tento in ogni modo di mascherare il conflitto che sento guerreggiare nel mio stomaco in attesa che arrivi lui.

Mia madre afferra Duncan per il colletto della camicia e lo strattona dietro alle fronde inviperita. Seguo la scena con la coda dell'occhio, e a giudicare dal poco tempo che Duncan impiega a uscire con la faccia soddisfatta, immagino che abbia creduto all'impeccabile falsa versione che è stato in grado di rifilargli. Mi sarei aspettata che lo cacciasse a pedate da questa casa e invece non succede nulla. Ma in quel frangente vedo entrare Jude e tutto viene meno. La mia attenzione si concentra su di lui che vado immediatamente ad abbracciare, e se non ci fosse tutto questo circo equestre messo in piedi da lei, probabilmente scoppierei in lacrime. Raccolgo aria nei polmoni e giuro a me stessa che se riesco a uscire dal groviglio di spine dove sono caduta con tutte le scarpe questa sera, da domani mi riterrò orfana di madre. Se nemmeno dopo quello che le ho raccontato è stata in grado di cambiare e credere in me, vuol dire che non lo farà mai.

Che Dio sia con me!

«Buonasera a tutti», saluta Jude con tre mazzolini di orchidee rosa in mano e bello da impazzire proprio come un Dio selvaggio. Sue si avvicina a lui, gli presenta Lauren alla quale consegna i primi fiori che apprezza e poi lo fa accomodare, saltando le presentazioni con tutti gli altri. Compresa mia madre, alla quale sono sicura avrebbe donato l'altro piccolo bouquet. L'ultimo, invece, viene consegnato a me con un gran sorriso e un bacio sulla guancia. Ma nonostante questo piccolo momento di spensieratezza, Jude sembra capire al volo che ci sia qualcosa che non va, però tace, attende una mia mossa, una mia parola che per ora non arriva. Devo pensare. Per fortuna zia Lauren lo mette a suo agio, coinvolge gli altri ragazzi e li spinge verso il bancone dove il barista sta preparando dei cocktail di benvenuto. Ma Erika, la madre di Duncan, che è sempre stata un'oca giuliva, che non ha mai capito quando è il momento di parlare e quando stare zitta, irrompe nelle presentazioni con i suoi modi per nulla eleganti, ma da grande cafona ripulita qual è.

«Che bei ragazzi. Sono tutti amici tuoi, Sue?»

«Tutti tranne uno, signora. Nolan è il mio ragazzo, e se non le dispiace, prima lo presento a mia madre!», le volta le spalle lasciandola atterrita e lo presenta a zia Lauren che si dimostra subito felice di fare la sua conoscenza e molto, molto commossa. Ho sempre desiderato una madre come lei. Invece mi è toccata la peggiore.

«Molto piacere Nolan, mia figlia mi ha parlato molto di te», gli stringe la mano e lo mette a suo agio facendolo sentire uno di famiglia.

«Il piacere è mio, signora Merryott», dice talmente impacciato da fare tenerezza. Per un attimo tutto sembra essere tornato a posto finché mia madre si piazza davanti a Jude e gli porge la mano.

«Non ci hanno ancora presentati, ma io sono Camille, la madre di Faith Rockfeller». Jude l'asseconda stringendole la mano e si presenta a sua volta.

«È un onore per me conoscerla, signora. Io sono Jude Shell». Silenziosamente ispeziona le sue bende una a una, così come i graffi e gli ematomi rimasti vividi sulla pelle. Ho il terrore che dalla sua bocca esca cattiveria, giudizio, scherno, condanna. Ovvero, l'irreparabile. Lo sta scannerizzando come l'occhio elettromagnetico a fasci laser. Sta studiando ogni minimo particolare di lui, così come sta cercando il momento giusto per sferrare il colpo di grazia in grado di demolire questa traballante unione. Ancoro le mie mani sui suoi fianchi, incastro il mio viso nell'incavo del suo collo e poi gli circondo la vita con un abbraccio, infine lo presento a tutti come mio fidanzato. *Non mi sembra vero.*

«Questo bellissimo e intelligente uomo è il mio fidanzato e il figlio del rettore del college di Falls Hall, Jude Shell», arrossisco nel dirlo.

Tutti i presenti puntano gli occhi su di lui. Ma Jude non è tipo da farsi imbarazzare da queste cose. Lui accenna un sorriso, mi prende la mano e la bacia. Tiro un'occhiata a papà e zio, che sembrano, una volta tanto, positivamente sorpresi. «È un piacere averti qui, Jude. Benvenuto», affermano con i calici traboccanti di bollicine alti a mezz'aria, poi li battiamo complici, l'uno contro l'altro.

«A Jude e Nolan!»

«Alle nostre figlie!»

«A questa bellissima serata!».

Tutto sembra essere avvolto da gioia e allegria. Trasportati da questa scia ci accomodiamo a tavola, dove ognuno di noi ha un posto assegnato, tranne gli ospiti inattesi quanto indesiderati che vengono sistemati in fondo a essa e preventivamente ammoniti da zia Lauren affinché tutto fili liscio senza che degeneri in squallide conversazioni. I camerieri iniziano con il servire l'antipasto che sembra essere squisito. Jude sembra felice di essere qui e io anche. Arrivati al momento del dessert, mia madre approfitta di un millisecondo dove regna il silenzio e pone la domanda che credevo si astenesse dal porgere.

«Se non sono troppo indiscreta, Jude, mi piacerebbe sapere che cosa ti è capitato al volto», domanda con aria indagatoria.

«Nessun problema. Un ramo troppo sporgente mi ha strappato il casco dalla testa mentre mi facevo un giro in moto e mi ha ferito. Per fortuna Nolan mi ha prestato immediato soccorso e mi ha curato come si deve. Diventerà un chirurgo eccezionale, è già molto bravo.», Jude sembra cavarsela egregiamente.

Uno a zero per Jude!

«Certo che quando si partecipa a certe gare "clandestine ", uno lo deve mettere in conto. Non è vero, Black Angel?», sferra il colpo con una lama tagliente, quale la sua maledetta lingua biforcuta.

Strega!

Il mio cuore accelera, l'ansia mi attanaglia lo stomaco. Sapevo che avrebbe tirato fuori la qualunque per far fuori il mio ragazzo, ma che addirittura fosse arrivata al punto da indagare su di lui, no davvero.

Tutti i presenti calano nel silenzio e nell'imbarazzo. A papà va di traverso l'acqua e Sue colpisce il tavolo con un pugno. I suoi genitori invece rimangono in silenzio. Sue e sua madre sono molto legate, complici, non stento a credere che sappia tutto di Jude.

«In effetti, sì. Non sempre i percorsi sono puliti come dovrebbero essere. Devo ammettere però, che questa è la prima volta che mi capita», replica rigido, asciutto e sulla difensiva.

«E dimmi Jude, sarebbe questo il futuro che vorresti dare a mia figlia? Ovvero, legarla alla tua moto come un salame e farle rischiare la vita a ogni corsa per sbarcare il lunario? Magari lasciarla da sola a crescere i vostri figli mentre tu sei in galera?», stringe il calice con le dita, evidenziando la perfezione delle unghie laccate di rosso come l'inferno che imperversa nelle sue iridi.

«Adesso basta, mamma! Tu non sai nulla della vita di Jude, e ogni volta che sono salita in sella alla sua moto, sono stata io a decidere di rischiare, sono stata io a volerlo fare. E non è lui che mi deve garantire un futuro, perché il futuro sono in grado di costruirmelo da sola», sbotto tremante di rabbia.

«Ha ragione signora, non avrei dovuto mettere in pericolo Faith, e mi dispiace, ma il motivo che mi spinge a correre sta per concretizzarsi, poi non lo farò più. Prima non avevo i mezzi, tra poco invece sarò in grado di liberarmi da questo impegno e dedicarmi solo alla chirurgia», dice serio.

«E... a derubare mia figlia», ingolla l'ultimo sorso sprezzante nei suoi confronti scatenando completamente l'ira di Jude che la ammonisce con lo sguardo.

«Io credo che lei abbia bevuto troppo, non sa quello che dice, perché nella mia vita non devo un solo centesimo a nessuno, tantomeno a sua figlia. Quindi non si azzardi mai più a darmi del ladro e a dire delle falsità», ringhia infuriato ma composto.

«Trecentocinquanta mila dollari secondo lei che cosa sono?», insiste perorando la sua causa.

«Come ti permetti, mamma! Ficcare il naso in fatti privati è un reato e tu non ne hai il diritto. Quella di Jude è una nobile causa, e per inciso, lui non ha rubato nulla. E se proprio vuoi saperlo, abbiamo litigato a causa del mio gesto, perché non voleva soldi da me, da nessuno a dire il vero. Altrimenti non avrebbe rischiato di farsi male a ogni corsa. Se voglio investire soldi nel suo progetto è perché ci credo fermamente e non devo dare spiegazioni a nessuno!», preciso incazzata.

«Tu sei una povera ingenua, Faith. Questo ragazzo non prova niente per te. Ha scelto di diventare il tuo fidanzato soltanto per il tuo patrimonio, e infatti, nel giro di due mesi, ti ha sfilato un sacco di soldi. Non c'è niente che tu possa dire, che sia in grado di farmi cambiare idea. Caccialo via dalla tua vita prima che diventi troppo tardi e nulla sia più riparabile», decreta offensiva, irremovibile e glaciale. Jude si alza dalla sedia oltraggiato e infuriato. Ringrazia Sue e la sua famiglia per l'ospitalità ricevuta e abbandona la cena. Vederlo allontanarsi mi spezza il cuore. Avrei voluto seguirlo, consolarlo, dirgli che deve dimenticare le parole di mia madre, ma devo prima fare i conti con lei, non posso rimandare l'inevitabile, e so che sarà una lotta all'ultimo sangue.

***

Jude

Sapevo che non mi sarei dovuto fidare, che mai quella gente mi avrebbe spalancato le porte di casa, e così è stato. Quella donna mi odia e ha fatto scavare nella mia vita evidenziando solo quello che c'è di sbagliato. Mi vuole lontano da sua figlia e ha fatto capire chiaramente che farà di tutto per raggiungere il suo obiettivo. Mi sento umiliato, rifiutato, non abbastanza. E la sensazione di non essere abbastanza per la ragazza che amo mi distrugge. Si è lasciata influenzare dalla storia delle gare, come biasimarla? Non sono stato nella posizione di potermi difendere perché so di essere indifendibile. La clandestinità di quelle gare può farmi finire in galera, e so che quella donna non perderebbe un attimo pur di sbattermici, così eliminerebbe il problema alla radice, e la mia vita, il mio futuro, i miei progetti e tutti i sacrifici che ho fatto se ne andrebbero alle ortiche. Non so che fare. Mi sento distrutto. Io senza Faith non so come vivere. Ho impiegato un'eternità di anni prima di fidarmi e aprire il cuore a qualcuno, e guarda cosa mi tocca passare. Non c'è rimedio. È finita. Parcheggio la moto davanti a una bettola, acquisto una bottiglia e mi dirigo sulle rive delle Falls, unico luogo che racchiude momenti felici ai quali dire addio. Il mio cervello ha cercato di creare mille soluzioni plausibili, che alla fine però si concludono tutte con lo stesso epilogo. Il liquido cristallino che ingollo brucia in gola, mi stordisce, facendo venire meno la rabbia ed emergere il dolore. Dagli occhi escono rivoli salati che finiscono per pizzicare sulle cicatrici ancora sensibili. Ti amo, Faith. Ti amerò per sempre. Tracanno l'elisir che ha il potere di offuscare la mente fino all'ultima goccia e piango come un bambino. Non riesco a trattenere il dolore, la frustrazione, l'impotenza. I mille meravigliosi momenti trascorsi accanto a lei tornano vividi alla mente e il dolore diventa insopportabile.

«Portami con te, mamma. La mia vita dopo la tua scomparsa è diventata un male incurabile, non sono un uomo degno di Faith e senza di lei non voglio svegliarmi domani. Lei ha cambiato la mia vita e non posso e non voglio cambiarla ancora. Esci da quella tenda lucente, prendimi per mano, trascinami dove non esiste questo schifo, ma nella beatitudine in cui vivi; e io sarò sereno come quando ero bambino e mi stringevi tra le tue braccia», la imploro, ma non succede nulla, si ingigantisce soltanto il malessere che provo.

Epilogo

Faith

Lauren si scusa con tutti gli invitati per quanto accaduto, si avvicina a me, mi accarezza i capelli e l'ovale del volto, infine li mette alla porta lasciandoci la giusta privacy per affrontare la questione di Jude. Sue e Nolan credo siano andati a cercarlo. Lo spero tanto in realtà. Sarà a pezzi, povero amore mio. Mi trovo faccia a faccia con mia madre che canta vittoria, che non si muove, continua a bere da quella maledetta bottiglia che era stata messa al centro del tavolo per festeggiare un qualcosa che lei sapeva già di aver distrutto. Glielo si legge negli occhi, mentre dentro di me si sta generando un uragano che ho tutte le intenzioni di riversagli addosso. «Era questo il tuo scopo? Allontanare l'unico uomo che mi abbia mai fatto sentire viva, unica e speciale, e che mi abbia mai amato?»

«Quel ragazzo non va bene per te. Ha troppi problemi, è un delinquente. Cosa direbbe la gente se ti sposassi con quel fuorilegge?»

«Come fai a dire certe cose? Jude è un ragazzo eccezionale, un chirurgo impeccabile. Ha solo avuto la sfortuna di perdere la madre a causa di un tumore quando era troppo piccolo, e ha fatto di tutto per creare da zero la fondazione per bambini orfani. Non puoi condannarlo solo a causa delle gare», cerco di contenere la rabbia e farla ragionare.

«Non sono io a condannarlo, Faith. Sei tu che invece hai il potere di salvarlo lasciandolo immediatamente. Noi siamo personaggi troppo esposti e non possiamo permetterci di mescolarci a certa gente».

«Che cosa? Vuoi uccidermi? Io senza Jude non vivo, mi ammazzo! Me ne frego di quello che dice la gente, preferisco morire piuttosto che vivere come prima e senza l'amore di Jude. E se è davvero questo, quello che desideri per me, allora vuol dire che non mi vuoi affatto bene, ma che sarai la causa della mia fine», dico straziata dal dolore.

«È la vita che si è scelto a non essere giusta per te, ma se rinunciassi a lui, allora io potrei salvarlo e permettergli di diventare un chirurgo famoso e presidente di una grande fondazione. Prendere o lasciare Faith!».

Non è possibile. Non me lo sta chiedendo davvero. Mi sento morire, mi fischiano le orecchie. Mi ha in pugno, e io non ho scelta. Ha vinto lei, è finita. Sapeva fin dall'inizio che non lo avrei mai abbandonato al suo destino. *Vita mia*, nemmeno un ultimo abbraccio, nemmeno un ultimo bacio. Mi lascio cadere a terra come uno straccio consumato, pervasa dal dolore più lacerante mai provato, e prometto a me stessa che farò tutto quello che mi obbliga a fare questo mostro, soltanto in nome dell'immenso amore che provo per lui, ma a una sola condizione. Frequenterò l'UCLA.

Mia madre accetta al volo ignorando il fatto che Jude tra pochi giorni si trasferirà da suo zio a Los Angeles, e che per un anno, studierà e lavorerà lì. Che concluderà gli studi proprio dove li inizierò io, facendo preparare in fretta e in furia tutti i bagagli per riportarmi a casa dove nulla ha più senso.

***

Quindici giorni dopo

Jude

La mia vita senza Faith è diventata peggiore di quello che era prima di conoscerla. Ho gareggiato e vinto entrambe le gare seppur ne sia uscito distrutto. Nolan e Sue mi sono vicini ogni giorno, mentre penso a lei, a quanto sia sola e abbandonata in questo momento. Camille ha vietato loro di vedersi, e Sue ne soffre terribilmente. Io ho smesso di vivere. Ho tentato di restituire più volte i soldi che Faith mi aveva donato, ma puntualmente tornano nel mio conto. Ci sarà sicuramente lo zampino di quella serpe.

Mi manca da impazzire.

Di lei ho solo i ricordi e qualche foto che Wilma ha rubato durante le settimane scorse. Il suo numero di telefono sembra essere inattivo, anche se io provo ogni sera a chiamare per sentire la sua voce. Mi sembra di impazzire. Domani lascerò mio padre e Falls Hall per un anno e sarò completamente solo. Qui ho la mia mamma, i miei ricordi, la mia casa, le cascate, le mie radici e il mio amore. Sue è incinta, e ha pianto un pomeriggio intero per non averlo potuto condividere con la sua migliore amica e Nolan è in pena per lei. Da questa storia siamo tutti provati come dei reduci di guerra. Talmente distrutti fuori e dentro da non riuscire a guardare avanti. I genitori di Sue hanno accolto Nolan e la notizia con gioia, anche se, la giovane età di Sue ha lasciato qualche piccola perplessità, ma la scelta di portare a termine la gravidanza è stata sua e di Nolan che è al settimo cielo. Ho pianto come un imbecille alla notizia, in verità ultimamente lo faccio spesso. Mi sono immaginato più volte papà e ognuna di queste, ero felice accanto a Faith. Invece per noi questa possibilità non ci sarà mai. Ci è stato strappato tutto e non riesco a farmene una ragione. *Voglio lei con tutta l'anima* e non riesco a rassegnarmi.

***

Faith

Sono stata rinchiusa per dieci interminabili giorni in una clinica psichiatrica per aver minacciato mia madre di uccidermi. Mi hanno psicanalizzata e isolata dal mondo per emettere la diagnosi di completa guarigione. *Il soggetto non era così grave come si pensava all'inizio.* La dottoressa Claudine Belmont, specialista in neuropsichiatria, è stata la mia salvezza in tutti i sensi. Avevo bisogno d'aiuto, e quando ho capito che non era assolutamente in combutta con mia madre, le ho raccontato tutto, dell'amore che mi lega a Jude, delle vicissitudini, del ricatto e del sacrificio che ho fatto per lui. Mi manca terribilmente, non c'è istante della giornata che io non pensi a lui, a noi due insieme. Lo amo da morire e da qualsiasi angolazione guardi la mia vita, senza di lui non ce n'è. Sue e Nolan avranno fatto il test? Sarà negativo o avranno un bambino? Il risveglio di Chad e Margaret avrà dato alcuni frutti? Non avere risposte alle mie domande mi fa impazzire, ma Claudine si è offerta di aiutarmi anche dopo essere uscita da qui. Non ho capito bene se è l'affetto che ha subito nutrito nei miei confronti o qualcosa che io ignoro nei confronti di mia madre. Comunque lo accetto molto volentieri. Lei è di Los Angeles e ha uno studio privato che continuerò a frequentare per la gioia mia e di mia madre, che mi ritiene guarita dalla sindrome di Jude. *Beh, si sbaglia di grosso* perché troverò il modo di tornare da lui se mi vorrà ancora, costi quel che costi. L'importante è che mia madre non sospetti nulla.

***

UCLA

Jude

Sono ormai trascorsi nove giorni da quando sono arrivato qui e di Faith nemmeno l'ombra. Speravo con tutte le forze di vederla, ma è chiaro che la madre l'avrà avuta vinta anche su questo. *Pazienza.* Il lavoro mi sta dando moltissima soddisfazione, anche se separarmi da tutti mi ha spezzato in due. Mi chiedo quando finirò di dire addio a chi amo nella mia vita. Però sono stato davvero orgoglioso di me. Ho proposto a papà di cenare con me e Sarah ieri sera. Gli si sono velati gli occhi quando mi ha chiesto se ero sicuro, e che era tanto fiero di me. Ho deciso che almeno lui deve provare a essere felice, e anche se mi è costato sacrificio, sono stato felice anch'io di condividere questo momento con lui e la donna che ama. Anche se mi è costato caro, ho deciso di affrontare la tematica Faith con entrambi, e Sarah ne è rimasta sconcertata e addolorata per quello che mi stanno facendo passare. Mio padre invece si è mostrato deluso, angosciato e incazzato. Non aveva idea che io corressi in moto, rischiando la vita e la galera, ma Sarah lo ha aiutato a comprendere, a calmarsi e mi ha offerto la sua spalla su cui piangere. Infine papà si è addolcito e ha mostrato interesse per la fondazione in onore di mamma.

***

Faith

Per fortuna Jungle Beens, l'hacker del secolo, ha compiuto un miracolo. Pagandolo profumatamente, ha creato una realtà virtuale adatta ai miei genitori su Instagram e TikTok, che oscura quella reale. Nessuno oltre me e Jude può vedere cosa faccio, e ho pagato per schermare tutto anche di lui. Non le sarà più possibile intercettare le mie conversazioni al telefono, anche quelle che ascolterà saranno create dall'intelligenza artificiale adatte a ciò che le piacerebbe sentire. Per parecchio la terrò a bada, e Mr. Jackson, l'investigatore e bodyguard che mi sono scelta a sua insaputa, seguirà tutte le sue mosse, e mi avvertirà quando le riterrà pericolose. Stessa cosa vale per i movimenti bancari.

Ho scoperto che Sue diventerà mamma e io… sarò la zia di quel bambino, fosse l'ultima cosa che faccio.

Sto preparando uno schermo protettivo e di copertura, poi inizierò a scavare nel suo privato per trovare qualcosa che la rende debole e attaccarla. So che sono solo all'inizio e che ci vuole tempo, ma io sono fiduciosa. Ora devo solo andare da Jude e dirgli come stanno le cose sperando che mi voglia ancora. Devo tutto alla dottoressa Claudine. Se non fosse stato per lei mi sarei lasciata inghiottire dalla disperazione e non avrei ragionato tanto. Lei è il mio angelo pronto a salvarmi dall'inferno. Anche suo figlio, l'hacker Jungle Beens, così come Claudine, li considero inviati dalla provvidenza.

Mi preparo per affrontare un'altra notte in solitudine, quando sento bussare alla porta della mia stanza.

Chi può essere a quest'ora? Mi domando mentre avvicino l'occhio allo spioncino. È Mr. Jackson. Apro immediatamente e lo faccio entrare. «Mister Jackson, che succede?», chiedo in pensiero per Jude. «Nulla signorina, siamo pronti», mi informa e io non sto più nella pelle all'idea di rivedere il ragazzo che amo. Mi manca l'aria nei polmoni.

«Il percorso è pulito, le videocamere oscurate e le telecomunicazioni schermate, Jonathan è disattivato, però faccia lo stesso attenzione.», si raccomanda.

Gli sorrido e annuisco, è davvero bravo! Non ci sto più capendo nulla, perché mi scoppia il cuore al sentire questa notizia e le gambe tremano come se fossero fatte di gelatina.

In fretta e furia recupero la borsa e lo seguo fuori. Mr. Jackson mi fa accomodare sulla berlina blindata, dai vetri oscurati e poi, una volta tornato al posto del guidatore, parte. Le strade di Los Angeles non mi sono mai sembrate così soffocanti come adesso. Ho un'ansia terrificante che mi attorciglia lo stomaco, ma cerco di rilassarmi.

Non voglio che nulla vada per il verso sbagliato.

Trascorsi circa dieci minuti, l'auto si ferma davanti a un grattacielo. *Perché?*

«Ho atteso che lo zio di Jude partisse per il convegno a Detroit, lasciandolo da solo nella sua casa per due notti e tre giorni. Avrà sei ore di tirocinio al giorno dalle nove del mattino a seguire. Cercate di dirvi tutto in questo lasso di tempo. Avrete a disposizione questi due telefoni cellulari per sentirvi. Io devo partire per Falls Hall e capire chi è stato il mandante del tuo tentato rapimento e del mancato omicidio del signor Shell. La polizia brancola nel buio, e io ho alcuni informatori che non ci vedono chiaro. Rispettate le indicazioni, non fatevi vedere insieme fuori da qui, intesi? Poi ci accorderemo per il futuro», mi spiega serio Mr. Jackson. Io lo ringrazio e gli lascio un bigliettino da recapitare a Sue che scrivo in due minuti, ma che racchiude tutto il mio bene, la mia momentanea impotenza e la mia vicinanza; poi smonto dalla macchina, correndo a perdifiato fino a raggiungere il venticinquesimo piano dove Jude risiede. Prendere l'ascensore si rivela angosciante ed eterno, ma quando finalmente arriva al piano che mi interessa, e le porte si aprono, mi manca il respiro. Le mie gambe vanno da sole e mi conducono davanti al portone numero 756. Suono il campanello e rimango in attesa finché la porta si apre rivelandomi a Jude. Per un istante rimaniamo immobili, senza emettere alcun suono, come se il mondo si fermasse. Di nuovo io e lui, solo e per sempre noi. Ma poi Jude rompe il silenzio, lascia cadere il telo che lo copriva dopo aver fatto la doccia e si getta su di me. Mi abbraccia, mi stringe talmente forte da non riuscire a respirare.

«Faith, Dio mio, sei Tu? Dimmi che non sei un sogno, che sei reale e che sei qui per non andartene mai più», singhiozza emozionato.

Poi allenta la presa e sprofonda le sue labbra sulle mie baciandomi a perdifiato.

«Sono reale, Jude, e sono qui per rimanere. Ti amo, mi sei mancato da morire», esalo sulla sua bocca che sa di tabacco. Con un colpo di piede, Jude chiude la porta e mi trascina sul suo letto per ricolmarmi di passione, amore e nostalgia. Tutto è rimasto esattamente come l'ho lasciato. Jude mi ama con la stessa intensità e non mi ha dimenticata. Mi lascio andare all'amore che ci è mancato, al calore della nostra pelle, alle scintille che solo insieme sappiamo dare. Così per tutta la notte fino alle prime luci dell'alba, quando la realtà torna a bussare alla porta, quando arriva il momento di rivelare cosa sono disposta a fare pur di dare una lezione a quella strega e a stare per sempre con lui.

«Mi aiuterai, Jude?»

«Farò qualsiasi cosa per la donna che amo».

«Esatto, qualsiasi cosa per *noi,* amore mio».

Fine

Ringraziamenti

Un'altra delle mie storie è giunta alla fine. Lo ammetto, è stata molto, molto dura entrare nel mondo di Jude e Faith, ma alla fine, dopo un sacco di scleri, ci sono riuscita. Non avevo mai scritto un light dark sport romance in vita mia e ho voluto provare, non so se sono riuscita a raggiungere la sufficienza, questo dovete dirmelo voi, ma vi garantisco che il mio impegno c'è stato tutto. Il finale è autoconclusivo, ma lascia le porte aperte a un bel seguito. I nostri protagonisti hanno ancora molte questioni da sviscerare. Come se la caveranno Jude e Faith? Lo scoprirete presto.

In primis ringrazio Alessandro e Stella per essermi stati a fianco dal primo istante, credendoci subito anche quando non riuscivo a proseguire. Ringrazio inoltre Rita per la sua costante amicizia. Un ringraziamento speciale va anche alle mie amiche Susy, Sara, Chiara ed Elena per la costanza, la gioia e l'entusiasmo dimostrato per tutte le imprese sulle quali mi imbarco alla cieca. Siamo giunte alla fine di questo breve ma intenso racconto, quarta esperienza con Blueberry Edizioni.

Ringrazio Alessandro Antonini per essere sempre sul pezzo, disponibile e aperto a nuove sfide e avventure.

Ringrazio Stella per essere sempre affine con la mia penna e connessa con i miei pensieri oltre ad essere la mia editor, consigliera e amica.

Ringrazio Letizia per la sua costante amicizia e per creare le trame più efficaci del mondo. Le basta un piccolo input per creare meraviglie.

Ringrazio le mie meravigliose amiche e blogger: Roberta, Laura, Chiara, Mariaelena, Romina, Mara, Cosmana, Monica,

Rosanna, Sara, Gaia, Graziella, Carmen, Martina, Caterina, Marta, Elisabetta, Paola, Stefania, Ilaria, Irene, Leandra, Silvia e tutte le altre, per il loro costante impegno, simpatia e per il grande supporto garantito per ogni storia proposta.

Ringrazio moltissimo tutte voi adorate lettrici che siete il mio motore, fonte di autostima e di perseveranza. Ringrazio la mia famiglia che mi sostiene nonostante le mie elucubrazioni.

Ringrazio le mie colleghe per credere sempre in me e sostenermi in tutte le iniziative intraprese.

Grazie di cuore e a molto presto!

Samantha.

P.s.: Se ti è piaciuto il mio romanzo, allora mi faresti felice lasciandomi una recensione su Amazon, insieme alle stelline. Per noi autori è molto importante avere il vostro parere e il sostegno atto a farci crescere. Grazie.

Printed by Amazon Italia Logistica S.r.l.
Torrazza Piemonte (TO), Italy

63636514R00143